永世無敵
영세무적

FANTASTIC ORIENTAL HEROES

황보세준 新무협 판타지 소설

영세무적 1

황보세준 新무협 판타지 소설

초판 1쇄 찍은 날 § 2013년 5월 7일
초판 1쇄 펴낸 날 § 2013년 5월 14일

지은이 § 황보세준
펴낸이 § 서경석

편집부장 § 권태완
편집책임 § 박은정
편집 § 박우진
디자인 § 이혜정

펴낸곳 § 도서출판 청어람
등록번호 § 제1081-1-89호
등록일자 § 1999. 5. 31
어람번호 § 제2-2338호

주소 § 경기도 부천시 원미구 심곡2동 163-2 서경B/D 3F (우) 420-822
전화 § 032-656-4452 팩스 § 032-656-4453
http://www.chungeoram.com
E-mail § chungeorambook@daum.net

ⓒ 황보세준, 2013

ISBN 978-89-251-3283-9 04810
ISBN 978-89-251-3282-2 (세트)

永
世
無
敵

황보세준 新무협 판타지 소설

1

영세무적

FANTASTIC ORIENTAL HEROE

도서출판
청어람

目次

序   7

제1장   인연(因緣)   9

제2장   잠룡관(潛龍館)   45

제3장   마성(魔性)   65

제4장   무외(無畏)   99

제5장   출옥(出獄)   125

제6장   진검(眞劍)   149

제7장   참도(斬盜)   177

제8장   전투(戰鬪)   207

제9장   망혼(亡魂)   245

제10장   적수(敵手)   267

제11장   금단(金丹)   291

序

대적불가(大敵不可), 무적자(無敵者)!
전에도 없고 후에도 없을,
하늘의 실수로 지상에 내려온 인외의 괴물(怪物).
본디 그는 천마(天魔)가 되어야 할 자였다.

第一章 인연(因緣)

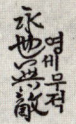

"…이번에도 역시 실패인가?"

성수마의의 얼굴에 짙은 실망감이 떠올랐다. 거대한 석관 안에 누워 있는 아이는 숨을 쉬지 않고 있었다.

지난 삼 년, 강인한 생명력으로 꿋꿋이 버텨낸 이름 없는 아이였지만, 결국 천마대법(天魔大法)의 마지막 단계를 극복하지 못하고 탈락했다.

탈락은 곧 죽음.

천마의 재래라는 대의명분 아래, 지금까지 천 명이 넘는 아이가 희생되었다.

'대체 이 미친 짓거리를 언제까지 해야 한단 말인가?'

성수마의는 자괴감과 피로감이 가득한 얼굴로 아이를 내려다보았다.

역천지극성혈(逆天地極聖血)을 흡수하며 천마불사혈기(天魔不死血氣)가 일제히 격발된 아이는 진즉에 심장이 멈췄음에도 여전히 극강의 마기를 뿜어내고 있었다.

성수마의는 쓰게 웃었다.

안 그래도 혹시나 하는 기대감에 아이의 상태를 며칠 동안 지켜봤던 성수마의였다. 하지만 아무리 기다려도 아이의 멈춘 심장은 뛰지 않았다.

이제는 미련을 버려야 할 때였다.

성수마의는 씁쓸한 표정으로 한쪽에 대기하고 있는 혈포무사에게 눈짓을 보냈다.

혈포무사는 말없이 아이를 안고서 동굴 밖으로 걸어 나갔다. 동굴은 절벽의 중간쯤에 위치하고 있었다.

휘이이이잉!

반대쪽 절벽에 부딪쳐 하늘로 치솟는 돌개바람, 그 아래 늪지대에 천여 개의 유골이 산처럼 쌓여 있었다.

무표정한 얼굴로 유골의 산을 응시하던 혈포무사가 아이를 밑으로 떨어뜨리려는 순간,

"자, 잠깐!"

성수마의가 다급히 달려와 혈포무사에게서 아이를 빼앗아 안았다.

"지금 이 행동, 무슨 의미입니까?"

혈포무사의 전신에서 차가운 기세가 일어났다. 성수마의가

쓰게 웃으며 아이의 머리를 쓰다듬었다.

"태어나 지금까지 지옥과도 같은 고통만이 세상의 전부였던 아이라네."

"……"

무표정하던 혈포무사의 얼굴이 살짝 일그러졌다.

"그럼에도 이 아이는 늘 웃었다네."

고통밖에 없는 절망 속에서도 맑게 빛나던 그 미소를 어찌 잊으리.

지그시 눈을 감은 혈포무사의 눈가가 파르르 떨렸다.

"부탁하네. 생전에 누리지 못한 평온한 안식을, 이 불쌍한 아이에게 허락해 주게."

무거운 침묵.

한참 만에 혈포무사의 입이 열렸다.

"저는 모르는 일입니다. 아시겠습니까, 마의?"

"고맙네. 이 은혜 잊지 않겠네."

동굴 안으로 사라지는 성수마의와 뒤돌아 그 모습을 외면하는 혈포무사의 입가에는 미소가 떠올라 있었다.

마인답지 않은 따뜻한 미소가.

＊　　　＊　　　＊

동굴 안쪽 석실로 돌아온 성수마의는 아이를 등에 묶고서 그 위에 두툼한 피풍의를 둘렀다.

끼리릭, 탁!

기관이 돌아가는 소리가 잠시 울리더니 석관 뒤쪽의 벽면이 열리면서 끝이 보이지 않는 계단이 나타났다.

칠흑 같은 어둠, 지독한 적막이 성수마의의 가슴을 압박했다. 성수마의는 크게 숨을 들이마시며 계단을 내려갔다. 성수마의는 계단을 내려가는 내내 긴장의 끈을 놓지 않았다. 긴장으로 등줄기가 땀으로 축축하게 젖어들었다.

어둠 속에서 그를 주시하는 수십 쌍의 눈빛, 시체의 외부반출은 규정위반이었기에 들키면 끝이었다.

한 시진을 꼬박 걸어 계단을 모두 내려온 뒤에야 성수마의는 참았던 숨을 토해냈다.

천장의 야광주가 은은하게 빛을 발하는 공동.

성수마의는 좌측으로 몸을 틀었다.

공동의 우측에 난 길은 외부와 연결되어 있었는데, 신교의 최정예무력단체인 적룡수라대(赤龍修羅隊)가 엄중히 지키고 있었다.

계단을 내려올 때와 달리 성수마의는 경공을 펼쳤다.

파라라라!

적막한 동굴에 울려 퍼지는 옷자락 펄럭이는 소리.

성수마의는 누군가에게 쫓기는 사람처럼 극성으로 내공을 끌어올렸다.

그렇게 미로처럼 복잡한 동굴을 반 시진 정도 달렸을까. 폭포수가 얼어붙은 것 같은 종유석 아래 환상처럼 펼쳐진 지하호수에 도착했다.

성수마의는 등에 묶은 아이를 조심히 바닥에 내려놓았다. 그리고 지하호수를 빙 둘러보았다.

'다행히 있구나!'

몇 해 전 지하호수를 방문했을 때, 목중왕(木中王) 혈천목 몇 그루를 발견했던 성수마의였다.

혈천목은 단단하기가 강철을 능가했는데, 내력을 십성이나 끌어올린 뒤에야 겨우 벨 수 있었다.

성수마의는 잘라낸 혈천목의 안을 파내어 작은 목관을 만들었다.

혈광을 뿜어내는 목관에 아이를 눕힌 성수마의가, 죽어서도 미소를 잃지 않는 아이를 애잔히 바라보았다.

아이의 작은 몸에서 뿜어져 나오는 천마불사혈기가 혈광을 집어삼키고 있었다. 성수마의의 얼굴에 죄책감이 떠올랐다.

"너에게 고통만 주어 미안하구나."

작별은 짧을수록 좋음을 아는 나이기에 성수마의는 미련을 누르고 관의 뚜껑을 닫았다.

탕탕!

각 모서리에 혈천목으로 만든 나무못을 박아 단단히 고정한 성수마의가 지하호수에 목관을 띄웠다.

지하호수를 둥둥 떠다니던 목관은 물살의 흐름에 따라 폭포수 같은 종유석 군락 아래, 좁은 틈새의 지하수로로 흘러 들어갔다.

"부디 죽어서 만큼은 편안하기를."

성수마의는 목관이 보이지 않음에도 한참 동안 지하호수를 떠나지 못했다.

쿵!

암초와 충돌하며 목관이 뒤흔들렸다.

빙글 돌아간 목관, 물살에 밀려 아래로 유유히 흐른다.

쿵쿵!

지하수로 곳곳에 튀어나온 암초와 수없이 부딪쳤음에도 혈천목으로 만든 목관에는 흠집 하나 나지 않았다.

촤아악!

갑자기 물살이 빨라졌다.

급류에 휘말린 목관이 가라앉았다 거친 포말을 일으키며 솟구쳤다. 목관 밖으로 뿜어져 나오는 천마불사혈기가 거센 물살에 미세하게 약해졌다.

쿵쿵쿵!

쉼없이 목관을 두드리는 암초, 조금씩 약해지는 천마불사혈기.

쿵!

목관이 암초에 밀렸다 다시 전진하고,

촤아악!

만물을 포용하는 물의 부드러움이 아수라의 대마력을 진정시키는 가운데,

쿵!

멈췄던 심장이 뛰었다.

쿵쿵쿵!

생명의 약동이 죽음의 끝에서 박동했다.

그리고 반나절 뒤.

촤아아아악!

목관이 거친 물살을 가르며 지하수로를 빠져나왔다.

*　　*　　*

팔 척이 넘는 거대한 체구, 터질 듯한 근육에서 뿜어져 나오는 짐승 같은 박력.

무의 화신(化身), 무적자가 내딛는 걸음에 산천초목이 진동했다.

"노부를 청한 자, 나오라!"

황산 연화봉을 우렁우렁 울리는 천극의 외침.

터져 나오는 막대한 기파에 연화봉을 뒤덮은 운무가 순식간에 증발했다. 그러나 묵묵부답(默默不答), 그를 청한 자는 끝내 모습을 드러내지 않았다.

천극이 고개를 들어 허공을 노려보았다.

"훗, 그곳에 숨어 있었던 건가?"

치리링!

검갑을 박차며 튀어나간 천하장군검이 허공을 가리키는 순간, 백발백염의 청의노인이 공간을 찢고서 나타나 륜을 회전시켰다.

콰콰콰콰콰!

거대한 두 기운의 충돌에 땅거죽이 뒤집히고 돌가루가 비산했다. 자욱하게 피어오르는 먼지와 불똥처럼 튀는 충격파, 연화봉이 붕괴할 듯 뒤흔들렸다. 선풍을 일으켜 경력을 해소한 청의노인이 계단을 밟듯 허공에서 내려왔다.

천극의 눈에 이채가 떠올랐다.

"그대, 인간이 아니군."

청의노인이 말없이 묘한 미소만 짓자 천극이 미간을 찌푸렸다.

"죽고 싶은가?"

천극의 전신에서 살기가 들불처럼 일어났다.

파스으으!

겁화 같은 살기에 청의노인의 옷자락이 한줌 재처럼 바스러졌다. 풍성한 소매에서 팔꿈치 접히는 부분까지 채 한 호흡이 끝나기 전에 부서져 내렸다.

'과연, 백 년 이래 제일인이라더니!'

옷자락이 부서지며 드러나는 두 팔이 먹물에 담근 듯 검게 변색되더니, 순식간에 앙상하게 말라 버렸다. 그러나 청의노인은 느긋했다.

육신은 한낱 껍질에 불과하기에.

청의노인이 천천히 원영신을 움직이자 미간에서 푸르스름

한 빛이 터져 나왔다.

이미 살기가 어깨까지 잠식한 뒤였다.

파아아앗!

"검신(劍神)은 진정하시오."

언령(言靈)인가!

말 한마디에 거짓말처럼 살기가 와해된다. 그리고 또한, 너무도 쉽게 흥분이 가라앉아 버린다.

천극의 얼굴이 굳어졌다.

언령이 심령을 옥죄는 기분은 한 마디로 더러웠다.

'누구도 날 구속할 수 없다! 설령 신이라도!'

천극이 마음속에 검을 일으키자 심령을 구속하던 언령에 쩌저적 균열이 얼어났다.

'흥, 어딜 감히 언령 따위로!'

천극이 힐끗 청의노인을 쳐다보며 입매를 비틀었다.

얼마 뒤.

쩌저저적, 퍼석!

둔중한 파열음과 함께 언령이 박살 났다.

천극이 속으로 쾌재를 부르며 살기를 일으키는 순간, 청의노인이 입을 열었다.

"혹시 도(道)를 아십니까?"

*　　　*　　　*

"…대저 천도(天道)란 무엇인가?"

자문하고,

"머물고 흐름에 일체의 인위가 없는 무위(無爲)!"

자답한다.

안휘 황산을 떠나 호북, 섬서를 거쳐 감숙에 도착했다. 정처 없는 걸음, 그저 길을 따라 걷다 보니 어느새 저 멀리 기련산이 보인다.

"칠십오 년 만인가?"

구름을 뚫고 솟구친 수백 봉우리가 하늘을 떠받치고 있다. 그 장엄한 광경에 마음이 요동치더니, 가슴 깊은 곳에 묻어두었던 이름이 떠올랐다.

"…미려."

떠올리는 게 너무 고통스러워 의식적으로 외면했던 이름, 미려.

기억 속 그녀는 여전히 젊고 아름다웠다.

'으음!'

눈을 감자 그녀 특유의 다채로운 표정들이 하나둘씩 기억났다.

그리고 가슴 저 깊은 곳에서 울려 퍼지는 청아한 목소리, 천극은 종달새처럼 지저귀던 그녀가 그저 그리웠다.

"소녀는 상공의 미소가 좋아요!"

"홍매가 아무리 날 사랑해도 그건 아니지. 홍매도 알잖아? 내가 미소만 지으면 다들 무서워한다고."

"뭐, 처음에는 조금 무서울 수도 있겠지만, 계속 보면 적응되니까 괜찮아요."

"그래서 계속 웃어라?"

"네. 상공의 미소는 천하일품(天下一品)이니까요!"

천극은 기억 속 자신의 미소를 떠올리며 입꼬리를 말아 올렸다.

'지금 내 미소는 어떨까? 미려가 좋아하던 그 미소일까?'

천극은 잠깐의 고민 끝에 검갑에서 천하장군검을 뽑은 뒤, 검신에 얼굴을 비췄다.

하늘로 치솟은 송충이 눈썹과 그 아래 자리한 부리부리한 호목, 얼굴의 중심을 듬직하게 잡고 있는 주먹코와 각진 턱.

그리고 귀 밑부터 시작하여 입 주변을 덥수룩하게 뒤덮고 있는 털들의 향연.

마치 촉의 대장군 익덕 장비를 연상시키는 외모였다.

검신을 동경 삼아 자신의 미소를 확인하려던 천극은 입꼬리를 말아 올리다 말고 갑자기 행동을 멈췄다.

검신에 비친 그의 얼굴이 낯설었다.

칠흑 같은 흑발에 나이를 가늠할 수 없는 얼굴, 세월의 역행이다.

다른 말로는 인위.

무공의 공능으로 백세가 가까운 나이임에도 여전히 젊음을 유지하고 있지만, 그것은 순리가 아니다.

'이것이었구나!'

불현듯 찾아온 깨달음이었다. 하지만 아직 가야 할 길이 멀다. 무극(武極)은 눈앞에 있지만, 마지막 한걸음을 내딛지 못해 수십 년째 제자리걸음만 하고 있다.

'천도란 머물고 흐름에 일체의 인위가 없는 무위!'

말은 쉽다.

하지만 행하기엔 너무 멀리와 버렸다. 너무 높은 곳까지 올라와 버렸다.

그래서 결론은?

'돌아간다! 모든 걸 내려놓는다!'

천극은 도도히 흐르는 강물을 바라보았다. 저 강은 흐르고 흘러 결국 바다에 닿을 것이고, 그곳에 무극이 있을 것이다.

'죽기 전에 내 한 번은 찾아오리다.'

천극은 그녀를 묻었던 기련산을 뒤로하고 강을 따라 걸었다. 내공은 일체 사용하지 않고 온전히 육체의 힘만으로 걸었다.

피곤하면 쉬고, 마음이 동하지 않으면 이동하지 않았다. 그렇게 삼 일, 천극의 얼굴에 불쾌감이 떠올랐다.

'마기?'

강의 저편에서 극강의 마기가 감지되었다.

파팟!

단 몇 걸음만으로 십여 리를 주파한 천극은 폐허로 변해 버린 작은 마을에 서 있었다. 마을을 뒤덮고 있는 마기는 불길한 핏빛을 띠고 있었다.

'지독하군!'

오십여 구의 시체가 발산하는 사기(死氣)에 천극이 미간을 찌푸렸다.

'마검(魔劍)이라도 등장한 건가?'

천극은 속으로 중얼거리며 걸음을 옮겼다. 마기는 마을의 우측 끝에 있는 작은 모옥에서 흘러나오고 있었다.

끼이익!

문을 열고 들어가자 마기가 폭풍 같은 기세로 그에게 폭사했다. 하지만 그뿐, 천극이 일으킨 무적금강벽을 뚫지는 못했다.

"이놈인가?"

벽면 한쪽에 사이한 광채를 발하는 붉은 목관이 있었다.

천극이 검갑째로 목관을 내려치려고 하자 목관이 눈부신 혈광을 뿜어내더니 이내 굉음과 함께 창문이 터져 나갔다.

휘이이이잉!

마을을 뒤덮고 있던 마기가 굉장한 기세로 목관으로 유입되었다.

쾅, 콰르르!

휘몰아치는 마기에 천장이 터져 나가고, 사방의 벽이 무너져 내렸다. 자욱하게 일어나는 먼지와 돌가루는 천극이 소매를 휘저어 몰아냈다.

덜컹, 덜컹!

끝없이 유입되는 마기에 목관이 덜커덩거렸다.

천극은 기다렸다.

저 안에 뭐가 있는지는 알 수 없으나, 뭐가 나오든 그에겐 능히 감당할 능력이 있었다.

자만이 아닌 자신에 대한 믿음이었다.

얼마 뒤.

더 이상 유입되는 마기가 없자 천극이 검갑을 어깨 위로 들어 올렸다.

"어디 한번, 이 안에 뭐가 들어 있는지 볼까?"

콰직!

목관의 뚜껑이 정확히 반으로 갈라지며 밑으로 미끄러져 내렸다. 그리고 드러나는 광경에 천극은 할 말을 잃었다.

목관 안에는 창백한 얼굴의 아이가 죽은 듯 누워 있었다. 아이는 입가에 말간 미소를 짓고 있었는데, 심장은 마치 동면하듯 느리게 뛰고 있었다.

'죽여야 한다!'

말로 설명할 수 없는 위기감에 천극이 검갑에서 천하장군검을 뽑았다.

우오오오오오!

용음을 터뜨리며 검의 본령이 깨어나는 순간, 아이가 눈을 번쩍 떴다.

'으음!'

동그랗고 맑은 눈동자가 그를 직시했다. 그리고 우윳빛 말간 미소가 화인처럼 각인되었다.

천극은 맥이 탁 풀렸다.

왠지 모든 게 부질없다는 생각이 들었다.

"마귀든 뭐든 핏덩이라서 봐준다!"

천극이 우렁우렁 외치며 천하장군검을 회수했다. 하지만 그는 알지 못했다.

자신이 지금 미소 짓고 있음을!

그 미소는 아이의 말간 미소와 꼭 닮아 있었다.

*   *   *

몽롱한 눈, 환하게 웃고 있는 입. 그리고 피 묻은 두 손 아래, 처참하게 찢겨진 노루가 온몸으로 피를 콸콸 뿜어내고 있었다.

끼이잉!

죽음을 직감한 듯 노루가 힘없이 울었다. 그 애처로운 울음에 연후의 작은 몸이 움찔했다. 그리고 마치 꿈에서 깨어나듯 몇 번 눈을 깜빡이던 연후가 피투성이인 노루를 발견하고는 흠칫 놀라 뒷걸음쳤다.

쿵!

돌부리에 걸려 엉덩방아를 찧었지만, 조금도 아프지 않았다.

끔찍한 모습으로 죽어가는 노루와 피 묻은 두 손에서 맡아지는 역겨운 냄새에 연후는 정신이 하나도 없었다.

'할아버지, 어디 있어요. 나, 무서워요.'

또래에 비해 영리하다고 하나, 이제 고작 여섯 살이다. 붉은 피가 주는 원초적인 두려움에 연후의 작은 몸이 애처롭게 떨었다.

그러던 어느 순간,

우뚝!

떨림이 멈췄다. 그리고 동공이 붉게 물들더니, 연후가 갑자기 괴성을 내질렀다.

"으아아아아아!"

고막이 터질 듯한 강렬한 음파가 주변을 휩쓰는 순간, 연후의 몸에서 섬뜩한 혈광이 뿜어져 나왔다.

파아아아앗!

"갈!"

울창한 수풀을 뚫고서 나타난 천극이 사자후를 터뜨렸다. 입신을 넘어 무극을 엿보는 천극의 사자후에 천마불사혈기가 주춤했다.

파파파팟!

천극은 그 순간을 놓치지 않고 재빨리 점혈한 뒤, 천뢰금마대법을 펼쳤다. 천뢰금마대법은 천극이 천마불사혈기를 봉인하기 위해 특별히 만든 금제수법으로 한번 펼칠 때마다 엄청난 내공이 소모되었다.

땀을 비 오듯 흘리며 연후의 몸에서 손을 뗀 천극이 안도의
한숨을 내쉬었다.

"늦지 않아 다행이긴 하나……."

주기가 빨라지고 있었다.

맨 처음에는 일 년을 버티더니, 이제는 육 개월 만에 금제가
깨져버렸다.

'이게 다 그놈들 때문이다!'

천극의 얼굴에 분노와 후회가 떠올랐다.

벌써 몇 년이나 지난 일이지만, 천극은 그날 본 광경을 절대
잊을 수 없었다.

기련산이 있는 북서쪽.

당시 연후의 몸에서 대법의 흔적을 발견한 천극은 즉시 강
을 거슬러 올라 강의 수원지인 기련산 일대를 낱낱이 수색했
다.

그 결과, 그는 기련산 깊은 계곡에 숨겨져 있던 어느 동굴에
서 최소 백여 명이 넘는 마인이 거주했던 흔적과 급히 철수하
느라 미처 녹이지 못한 유골 몇 십 개를 동굴 아래 늪지대에서
찾을 수 있었는데, 유골은 하나같이 그의 팔뚝보다도 작았다.

인륜을 저버린 극악한 대법의 흔적에 천극은 화가 머리끝까
지 치밀었다.

하지만 이미 흉수들은 달아난 뒤였다.

명백한 그의 실수였다.

흥분만 하지 않았더라면, 기운을 있는 대로 뿜어내지만 않

았더라면 놈들을 잡을 수 있었을 텐데…….

그것이 몇 년이 지난 지금에도 계속 후회가 되는 천극이었다.

'지나간 일에 연연하는 것만큼 어리석은 짓은 없다고 했던가?'

천극은 고개를 흔들어 분노와 후회를 털어냈다. 그리고 고개를 돌려 곤하게 자고 있는 연후를 바라보았다.

"이 불쌍한 아이를 어찌할꼬."

천뢰금마대법은 근근이 몇 개월씩 버티는 게 고작, 보다 근본적인 해결책이 필요했다.

물론 그의 능력이라면 천마불사혈기를 충분히 지울 수 있다. 하지만 그렇게 되면 연후가 죽게 된다.

연후의 심령과 천마불사혈기가 강한 결속력으로 이어져 있기 때문이다.

'천뢰제왕신공이라면 제어가 가능할까?'

가능은 할 것이다.

자신과 같은 경지에 오른다면.

'하지만 무리겠지.'

자신은 하늘의 실수로 지상에 태어난 괴물. 하늘이 미치지 않고서야 그런 실수를 또 할 리 없다.

결국 천하창생을 위한다면 연후를 죽이는 게 옳다.

하지만 그건 불가능하다.

이미 정이 들어버렸기에. 아님 죽을 때가 다 된 건지도 모른다. 전에 없던 흰 머리카락과 주름이 그 증거였다.

'노화는 지극히 당연한 순리이자 천도가 말하는 무위이다.'

순간, 한줄기 영감이 뇌리를 관통했다.

"원영신!"

*　　　*　　　*

강물 따라 흐르는 여정 속에 아이는 자라고 노인은 늙었다.

만물이 소생하는 봄.

연후는 봄의 향기를 만끽하며 호흡에 집중했다.

흡기단전(吸氣丹田) 탁기출외(濁氣出外) 심의침잠(心意沈潛)
축위옥토(築爲沃土).

마음속으로 쉼없이 구결을 암송하던 연후는 순간 의식이 붕 떠오르더니, 뭔가에 이끌려 깊은 곳으로 가라앉는 듯한 느낌을 받았다.

끝없이 침잠하는 의식.

그 끝에 인간의 근원이며 생명의 원천이 있었다.

하늘이 인간에게 부여한 전능의 패력.

선천지기였다.

'천도의 선천지기라면 마귀를 죽일 수 있을 거야!'

할아버지가 창안한 천도무극공(天道無極功)을 수련하며 자연스럽게 알게 되었다.

그의 내면에 봉인된 마귀를!

금옥에 갇힌 마귀와 조우하는 순간, 그의 내면이 검게 물들었다. 하지만 연후는 의식적으로 변화를 감췄다.

눈빛, 말투, 몸짓 등. 전과 다름없이 행동하기 위해 그는 매 순간 긴장했다.

할아버지에게 버림받는 게 두렵기 때문이다.

누구보다도 할아버지를 사랑하는 연후였기에 그 두려움은 상상을 초월했다.

천극이 연후의 변화를 눈치챈 것은 몇 달 전이었다. 하지만 그는 모른 척 넘어갔다. 그가 아는 걸 연후가 원하지 않는 듯했기 때문이다.

'에그, 불쌍한 것!'

천극은 연후의 생각을 훤히 짐작했다.

그래서 더욱 가슴이 아프다.

'연후야, 너는 정녕 내가 너를 버릴 수 있을 거라고 생각하느냐?'

자신의 진심을 몰라주는 연후가 그는 야속했다. 하지만 서운한 마음보다 안쓰러운 마음이 훨씬 컸다.

연후는 이미 그의 손자였던 것이다.

비록 피 한 방울 섞이지 않았지만, 누군가에게 이토록 강한 애정을 느낀 건 연후가 처음이었다.

*　　　*　　　*

천극은 연후의 손을 꼬옥 잡고서 바다를 바라보고 있었다.

저 멀리 밀려오는 파도, 둥둥 떠다니는 배, 끝없이 펼쳐지는 수평선에 천극은 괜히 가슴이 울컥했다.

'드디어 도착했구나!'

강물을 따라가다 보니 결국 대해에 도착하게 되었다.

한때, 햇수로 오 년이 넘게 걸린 이 여정 끝에 무극이 있을 거라고 생각한 적이 있었다. 하지만 예상대로 무극은 바다 어디에도 없었다.

천극은 후련했다.

이제야 마지막까지 붙잡고 있던 집착의 끈을 놓아버릴 수 있게 된 것이다.

'무극이면 어떻고, 또 아니면 어떤가!'

매 순간 최선을 다해 노력했고, 후회 없는 삶을 살았다. 그리고 지금, 그는 수평선 너머 붉게 타오르는 석양을 연후와 함께 보고 있다.

'그걸로 족하지 않은가!'

작은 깨달음이었다.

그리고 그 순간, 천극의 몇 남지 않은 검은 머리카락과 수염이 하얗게 물들었다. 얼굴에는 주름이 자글거렸고, 단단하던 근육은 한순간에 흐물흐물해졌다.

"아!"

천극은 불현듯 깨달았다.

그에게 주어진 날이 얼마 남지 않았음을!

"할아버지!"

연후의 놀란 외침에 천극이 인자한 얼굴로 연후의 머리를 쓰다듬었다.

"늙은이가 늙는 건 슬퍼할 일이 아니란다."

"……"

"연후야, 이 할애비를 위해 웃어주지 않겠니?"

어렵지 않은 부탁이었다.

연후에게 웃는 건 숨 쉬는 것보다 쉬운 일이기 때문이다. 그런데 웃음이 나오지 않는다.

이상하다.

그리고 이상할 정도로 여기 가슴이 아프다.

"할아버지, 나 이상해요. 아무리 해도 웃음이 나오지 않아요."

연후의 두 눈에서 또르륵 눈물이 떨어졌다.

천극은 그런 연후를 꼬옥 끌어안았다. 연후는 안쓰러울 정도로 떨고 있었다.

'아직은 내가 필요하거늘, 이 불쌍한 아이를 어찌하누.'

천극은 왈칵 올라오는 감정에 입술을 깨물었다.

마지막 생명을 불태우듯 붉게 타오르는 석양이 마치 위로하듯 조손을 감싸 안았다.

그날 이후,

천극과 연후는 석양이 아름다운 어촌마을에 정착했다.

*   *   *

천도무극공은 크게 일곱 단계로 나뉜다.

내관(內觀), 양각(養殼), 백월(白月), 금단(金丹), 금령(金靈), 원영신(元靈身), 무극(無極).

현재 연후의 경지는 양각의 초입.

후천의 기(氣)로 선천의 정(精)을 감싼 구각일선기(九殼一仙氣)가 빠른 속도로 몸집을 불리고 있었다.

천도무극공을 창안한 천극조차 깜짝 놀랄 정도의 축기속도였다. 마치 연후의 몸이 탐욕스럽게 기를 빨아들이는 느낌이다.

'허허, 연후의 자질이 이 정도였던가?'

하늘이 미치지 않고서야 그런 실수를 또 할 리 없다던 그 생각을 천극은 철회했다.

연후 역시 하늘의 실수로 태어난 괴물이었던 것이다.

어쩌면 자신보다 더한…….

천극은 탐욕스럽게 기를 축기하는 연후를 따뜻한 눈으로 바라보았다.

무릇, 괴물은 괴물만이 이해할 수 있는 법이다.

겨울이 왔다.

천극은 요즘 연후와 대화하는 시간을 늘렸다.

늙은이의 욕심일까.

'나는 비록 죽어 없어질 테지만······.'

연후가 자신을 기억해 준다면 죽어도 여한이 없을 것 같다.

아니다.

단순히 자신을 기억하는 걸로는 만족할 수 없다.

기억은 세월에 퇴색되게 마련이기에.

지금보다 훨씬, 하늘조차 끊을 수 없을 만큼 연후와 견고히 이어지기를 그는 원했다.

어느 날, 천극이 연후를 조용히 불렀다.

"연후야."

"네, 할아버지."

"이 할애비는 말이다. 세상에서 우리 연후를 가장 사랑한단다."

"저도 세상에서 할아버지를 가장 사랑해요!"

연후가 해맑게 웃었다.

천극이 연후의 머리를 쓰다듬으며 인자한 미소를 지었다.

"그래, 이 할애비도 잘 알고 있단다. 우리 연후가 이 할애비를 얼마나 사랑하는지. 그래서 말인데······."

천극답지 않게 자못 긴장한 얼굴로 말을 이었다.

"이 할애비의 손자가 되어주겠니? 이 할애비의 손자, 남궁연후가 되어줄 수 있겠니?"

남궁이라는 성으로 인연을 공고히 굳히려는 천극.

하늘이 맺어준 인연에 인간의 의지가 더해지니, 그 안에 하늘도 끊을 수 없는 천도가 피어난다.

"네에?"

연후가 눈을 동그랗게 떴다.

휘몰아치는 격정이 작은 가슴을 울렸다. 주체할 수 없는 벅찬 감동에 연후의 목소리가 덜덜 떨렸다.

"그, 그럼, 이제 저는 할아버지의 진짜 손자가 된 건가요?"

믿기지 않는 듯 불안과 기대가 뒤섞인 연후의 눈빛에 천극이 와락 연후를 끌어안았다.

"당연하지! 비록 피는 이어지지 않았지만, 누가 뭐래도 너는 내 손자란다. 이 남궁천극의 손자, 남궁연후!"

하늘과 땅을 향해 선포하는 천극!

가슴을 울리는 천극의 진심에 연후가 눈물을 글썽였다. 진짜 손자가 되어달라는 천극의 그 말은 할아버지에게 버림받을까 벌벌 떠는 연후에게 어둠 속에서 만난 광명(光明)과도 같았다.

'고마워요, 할아버지. 날 버리지 않아줘서.'

연후가 천극을 꽉 끌어안았다.

가슴을 통해 전해지는 천극의 따뜻한 체온에 눈가에 맺힌 눈물 한 방울이 소리 없이 떨어졌다.

　　　　　*　　　　*　　　　*

　생명이 약동하는 봄.

　천극은 코앞까지 다가온 죽음에 한숨을 내쉬었다.

　'올해를 넘기기는 힘들겠지?'

　하늘이 부여한 수명이 다했으니, 백약이 무효했다.

　'죽는 건 두렵지 않으나, 혼자 남을 연후가 걱정되는구나.'

　아직은 어린 나이, 어른이 될 때까지 만이라도 연후를 키워
줄 사람이 필요했다. 그렇게 며칠을 고민하던 천극은 어촌마
을의 마음씨 착한 장씨 부부를 염두에 두게 되었다. 아이가 없
는 장씨 부부라면 연후를 잘 키워줄 거라고 믿었다.

　'더구나 연후가 잘 따르기도 하니.'

　장씨 부부에게 이러저러한 상황을 설명하며 연후를 부탁한
다고 하자 예상대로 부부는 흔쾌히 허락했다.

　천극은 한없이 가라앉는 마음을 추스른 뒤, 연후에게 조심
스레 말했다.

　"연후야."

　"네, 할아버지."

　"만약에, 만약에 말이다. 이 할애비가 죽으면 장씨 부부
가……."

　"아뇨. 전 남궁세가에 갈 거예요!"

　천극은 당혹스러웠다. 그리고 한편으로 서운한 마음도 들었

다. 천극이 내심 기대했던 대답은 '할아버지와 헤어지기 싫어요' 였던 것이다.

그래서일까.

천극의 말투가 조금 딱딱해졌다.

"남궁세가라니! 어째서 그런 생각을 한 거냐?"

"저는 할아버지의 손자니까요."

"……?"

"만약 할아버지와의 이별이 불가항력이라면, 저는 할아버지가 태어나고 자란 남궁세가에서 살고 싶어요. 저는 할아버지의 손자, 남궁연후이니까요!"

커다란 망치에 머리를 얻어맞은 듯한 기분이었다. 하지만 그의 입은 웃고 있었다. 가라앉았던 마음이 기쁨으로 춤을 추고 있었다.

문득 황산에서 만난 구씨 성의 신선이 했던 말이 떠올랐다.

'인연은 인연을 낳는다고 했던가?'

만약 황산에서 구씨 성의 신선을 만나지 않았다면 그 먼 감숙까지 갈 일도 없었을 것이고, 기련산을 눈앞에 두고 발을 돌리지 않았다면 강가 근처의 마을에서 연후를 만나지도 못했을 것이다. 그리고 지금, 연후가 자신으로 인해 남궁세가와 인연을 맺으려고 한다.

'…이 또한 인연인가?'

천극은 인연의 오묘함에 전율했다. 하지만 여전히 마음 한편에는 망설임이 있다.

천마불사혈기에 대한 걱정 때문이다. 무가인 남궁세가에서의 삶은 여러모로 천마불사혈기를 자극할 우려가 있었다.

'어이할꼬.'

천극은 한참을 고민했다.

무엇이 연후를 위한 결정인지 고민하고 또 고민했다. 그리고 이틀 뒤, 안휘 남궁세가에 연통을 날렸다.

*   *   *

여름의 길목, 한 사내가 어촌마을을 찾아왔다.

"뵙게 되어 영광입니다. 남궁위진입니다."

"나쁘지 않군. 정진한다면 꽤 괜찮은 재목이 되겠어."

천극의 말에 남궁위진은 크게 감격했다.

"가져온 게 있을 텐데?"

"아! 여기 있습니다."

감격에 빠져 있던 남궁위진이 황급히 서찰을 꺼내 건넸다. 서찰을 쭉 읽은 천극이 노한 표정으로 중얼거렸다.

"혈족으로 인정해 주겠으니, 잠룡관에 보내라?"

한 마디로 남궁이라는 성은 인정하겠지만, 가주의 직계로는 인정하지 않겠다는 말이다.

본래 가주의 직계는 잠룡관에 입관할 수 없기 때문이다.

가주의 생각이 이해가 가지 않는 건 아니다. 엄밀히 말해 연후와 가주는 같은 항렬이었던 것이다.

혼란을 막기 위한 가주의 고심이 느껴졌다.

'이 또한 순리인가?'

천극이 속으로 노기를 삭히며 남궁위진을 쳐다보았다.

"할 말이 있느냐?"

"저어, 결례가 되지 않는다면 아이의 무공수위를 확인해 봐도 되겠습니까?"

"무공이라. 배운 게 없는데 확인할 게 있을 리 없지."

"그럼?"

"지금부터 가르쳐야지."

황당했다. 하지만 남궁위진은 예의를 잃지 않기 위해 최대한 노력했다.

"잠룡관 입관식은 이번 중추절에 거행됩니다만."

"알고 있다."

"이번에 기회를 놓치면 삼 년 뒤에나 잠룡관에 들어갈 수 있습니다. 혹, 삼 년 뒤를 기약하고 계신지요?"

"흥, 삼 년은 무슨! 석 달이면 충분하다. 아이들 수준이라고 해봐야 거기서 거기지."

충분할 리가 없지 않은가!

잠룡관에 입관하는 아이들은 최소 오 년 이상 무공을 수련했으며, 그중에서도 자질이 뛰어난 인재들만이 잠룡관에 들어갈 수 있다.

그러나 남궁위진은 속내를 입 밖으로 말하지 않았다. 남궁천극이 그렇다고 하면 그런 것이기 때문이다.

무공에 있어서만큼은 절대 허언을 하지 않는 이가 바로 남 궁천극이었다.

평화로운 어촌마을을 떠날 무렵, 천극이 물었다.

"잠룡관 입관에 필요한 무공수위는 어떻게 되느냐?"

"적어도 소연진기와 창궁십구검이 칠 성에는 이르러야 들 어갈 수 있습니다."

남궁위진이 공손히 대답했다.

천극이 고개를 끄덕이며 허공에 궤적 몇 개를 그렸다.

"칠 성이라……. 대충 이 정도겠군."

다음 날, 단단한 오동나무로 목검을 만든 천극이 연후에게 무공을 가르치기 시작했다.

"연후야, 창구십구검의 구결은 말이지."

백여든아홉 자 구결을 한 번에 쭈욱 구술한 뒤, 천극이 물었 다.

"다시 불러줄 필요는 없겠지?"

"네, 할아버지."

천극은 두 번 묻지 않고 곧장 창궁십구검의 시범을 보였다. 푸른색 창공에 펼쳐지는 아름다운 궤적들, 천극이 착검하며 연후를 바라보았다.

"어렵지 않지?"

연후가 해맑게 웃으며 고개를 끄덕였다.

"그럼, 한번 펼쳐보겠느냐?"

"네, 할아버지!"

연후가 힘차게 대답하며 목검을 들었다.

순간, 연후의 눈이 깊어졌다.

기수식을 취하는 연후의 전신에서 묵직한 기세가 뿜어져 나왔다.

그리고 펼쳐지는 창궁십구검!

허공을 잔혹하게 유린하는, 완벽에 가까운 연후의 창궁십구검에 남궁위진이 입을 쩌억 벌렸다.

'검술을 처음 배운다는 게 사실일까?'

당연한 의문이었다.

잠룡관 역사상 최고의 기재라고 불렸던 남궁위진조차 현재 연후가 보여주는 수준에 도달하기까지 일 년이 넘게 걸렸다.

비록 창궁십구검이 남궁세가의 하급무사들이나 익히는 기본검법이라 하더라도 이건 아니다. 제아무리 천재적인 재능이라도 정도라는 게 있다.

'그래서 석 달이면 충분하다고 하셨던가?'

천극의 자신감을 이제야 이해하게 된 남궁위진이었다. 천극은 연후의 자질을 알고 있었던 것이다.

강호의 수많은 천재를 절망시킬, 그야말로 괴물 같은 재능을!

하지만 이 자리에는 이제 막 재능을 꽃 피우기 시작한 괴물 외에도 이미 완성을 이룬 괴물이 있었다.

"연후야, 그 부분은 그렇게 하는 게 아니라……."

천극이 지적하면 연후가 곧바로 수정했다.

그렇게 관도를 따라 걷는 여정 속에 두 괴물의 무공전수가 이어졌다.

*   *   *

넘실거리는 죽음의 끝, 밤하늘 외로이 빛나던 별빛이 명멸한다.

아프도록 슬픈, 이지러지는 별빛이 참으로 애잔하다.

그러나 이 또한 천도이니,

객잔의 지붕에서 밤하늘을 보던 천극이 한숨을 쉬었다.

"이제 정말 가야 할 때가 된 건가?"

이미 마음의 준비를 끝냈음에도 막상 죽는다고 생각하니 두려웠다.

그 역시 인간이기에!

'죽음을 두려하는 것 또한 순리일 터!'

천극은 두려움을 억지로 마음 밖으로 밀어내려고 하지 않았다.

마음속에 두려움을 간직한 채 객잔으로 내려간 천극이 옆방에서 자고 있던 남궁위진을 깨웠다.

"호법을 부탁한다."

"…목숨을 걸고 지키겠습니다!"

죽어가는 천극의 몸 상태를 알고 있는 듯 남궁위진이 결연한 표정으로 대답했다. 천극이 남궁위진의 어깨를 두드리며 방 안으로 들어갔다.

연후는 침상에서 곤하게 자고 있었다. 물끄러미 연후의 자는 얼굴을 보던 천극이 수혈을 짚었다.

"이 늙은이가 네 곁을 떠나더라도 걱정하지 말거라. 비록 몸은 떠나나 나의 의지는 너와 함께할 테니!"

연후의 명문혈에 장심을 갖다 댄 천극이 내공을 전이하기 시작했다.

화아아아아!

휘황찬란한 서기가 천극의 전신에서 뿜어져 나왔다.

천극은 백여 년 세월 동안 모은 내공에다 진원지기까지 전부 끌어올려 천뢰금마대법을 펼쳤다.

'어차피 죽고 나면 쓸모없어질 것!'

단 한줌의 진기조차 남기지 않고 모조리 쏟아부었다.

우우우우웅!

창밖으로 여명이 밝아오고 있었다.

연후의 명문혈에 장심을 갖다 대고 있던 천극의 손이 뚝 떨어졌다. 그와 동시에 가부좌를 튼 다리에 쩌저적 실금이 가더니 모래처럼 잘게 부서져 흩어졌다.

"연후야, 너는 내 인생의 축복이었단다."

축 늘어진 팔을 들어 연후의 얼굴을 쓰다듬으려는 순간, 팔이 부서져 재처럼 흩어졌다. 하지만 천극은 웃었다.

몸이 붕괴한다는 말은 곧 그가 줄 수 있는 건 모두 주었다는 의미기 때문이다.

"…사랑한다, 연후야!"

쩌저저적, 파아아앗!

천극의 몸이 붕괴하며 눈부신 빛이 뿜어져 나왔다. 그리고 하늘에서 내리는 눈처럼 빛의 결정체들이 연후의 몸 위로 떨어졌다.

잠시 뒤, 빛의 결정체들을 온몸으로 맞으며 눈을 뜬 연후가 조용히 눈물을 흘렸다.

"…저도 사랑해요, 할아버지!"

어둠과 빛이 교차하는 여명.

대지에는 어둠이, 하늘에는 빛이 검푸르게 깔려 있다.

인연은 인연을 낳음이니,

죽음의 대지에서 태어난 생명이 울부짖는다.

한 방울 눈물.

떨어져 얻은 생명을 저주하며 맹세한다.

울지 않으리라!

웃지 않으리라!

언젠가,

다시 만날 그날까지!

第二章 잠룡관(潛龍館)

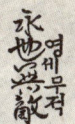

　매해 남궁가 호적에 이름이 등재되는 남아의 수는 약 육백
여 명으로 이들 중 실제 남궁가의 무사가 되는 이는 채 이백이
되지 않는다.

　그리고 이렇게 나름 무재를 인정받은 수련생 중에서도 뛰어
난 재능을 보이는 기재들만이 들어갈 수 있는 곳이 바로 연혼
의 잠룡관(潛龍館)이다.

　잠룡관은 매 삼 년마다 본가와 각 지부에서 인원을 뽑는데
열 살에서 열두 살로 그 나이를 엄격히 제한하고 있었다.

　잠룡관 한 기수는 보통 서른 명 내외로 올해는 평년보다 많
은 마흔 명이었다.

시월 초하루.

남궁세가의 대연무장에서 잠룡관의 입관식이 치러졌다.

그날 밤,

마흔 명의 소년들을 태운 마차 다섯 대가 합비를 떠났다.

*   *   *

황색 무복을 단정하게 입은 소년들이 질주하는 마차 안에서 신나게 떠들고 있었다.

덜컹!

돌부리에 걸렸는지 마차가 덜그럭거렸다. 하지만 천도무극 공에 몰입하고 있는 연후는 미동조차 하지 않았다.

얼마나 시간이 지났을까?

강렬한 시선을 느낀 연후가 고개를 돌렸다. 혜지로 빛나는 눈동자가 그를 응시하고 있었다.

"나한테 할 말 있어?"

"혹시 형장의 이름이 남궁연후, 맞습니까?"

나이에 걸맞지 않는 정중함에도 조금의 어색함도 느껴지지 않았다.

연후는 고개를 끄덕였다.

"인사가 늦었습니다. 남궁조휘라고 합니다. 합비 본가 출신으로 나이는 올해 열둘입니다."

"그래서 할 말은?"

"듣던 것과 달리 성정이 굉장히 차가우시군요."

"날 알아?"

연후의 얼굴이 진지하게 변했다. 남궁조휘를 응시하는 연후의 눈빛이 무섭도록 깊어졌다.

귀까지 뻗은 짙은 눈썹과 뚜렷한 이목구비, 흠잡을 데가 없는 잘생긴 얼굴이다. 연후는 남궁조휘와 비슷한 외모를 지닌 남자를 알고 있었다.

"남궁위진?"

"제 큰형 되십니다."

"그렇군."

연후는 금세 흥미를 잃었다.

남궁위진에게 무슨 말을 들었는지는 모르나 관심은 사양이었다.

하지만 인연은 거부한다고 하여 이어지지 않을 만큼 허술하지 않다.

다시 눈을 감고 천도무극공을 수련하는 연후를, 남궁조휘가 기대감 어린 눈으로 쳐다보았다.

반듯한 이마에 그린 듯 날카로운 눈썹. 그 아래, 섬세하고 뚜렷한 이목구비와 곱상한 얼굴선이 절묘하게 어우러져 묘한 중성적인 매력을 발산했다.

남궁조휘는 자신과는 또 다른 매력을 지닌 연후의 잘생긴 얼굴을 보며 속으로 중얼거렸다.

'부디 그대의 재능이 날 긴장시켜 줄 수 있기를!'

며칠 뒤, 마차가 동곡에 도착했다.

       *   *   *

동곡은 호리병 모양의 분지였다.

동곡의 좌측 완만한 절벽 아래에는 낮에는 태양이, 밤에는 달이 머물다 지나가는 일월지라는 이름의 연못이 있다.

일월지 주변에는 천자만홍(千紫萬紅)의 나무들이 호위하듯 에워싸고 있는데, 안쪽으로 난 소로를 따라 중앙으로 걷다 보면 넓은 연무장이 나오며, 연못의 반대쪽에는 높고 낮은 여러 채의 건물이 있다.

"만나서 반갑다. 나는 잠룡관 총교두 남궁훈이다."

청수한 인상의 중년인이 우측의 가파른 절벽을 가리키며 물었다.

"너희 눈에는 저게 뭐로 보이나?"

"절벽입니다."

"틀렸다. 저것은 절벽이 아니라 검이다. 너희가 평생을 두고 갈고 닦아야 할, 어쩌면 너희를 죽일지도 모르는 검! 두렵다면 지금 말해라! 강요는 없다. 또한 어떤 처벌도, 불이익도 없을 것이다. 잠룡관에서 행해지는 모든 수련은 모두 본인의 의지에 따라 정해진다!"

총교두 남궁훈은 마흔 명의 소년과 일일이 눈을 맞췄다. 마흔 명의 소년은 비록 긴장은 할지언정 두렵다고 말하지는 않았다.

남궁훈은 고개를 끄덕였다.

소년들은 교두들의 안내에 따라 숙소를 배정받았고, 찬모들이 내오는 음식들로 두둑이 배를 채웠다.

저녁을 먹자 해가 완전히 떨어졌지만 일과는 아직 끝나지 않았다.

"저기 저 건물이 청명각이다. 앞으로 너희는 저곳에서 기본적인 학문을 비롯하여 강호행에 필요한 제반지식을 배우게 될 것이다."

청명각은 식당과 그들의 숙소인 와룡각 중간에 위치해 있었다. 소년들은 고지식한 인상의 중년 문사와 천이각 출신의 교두에게 인사를 올린 뒤, 다음 장소로 이동했다.

"혜선각이다. 혜선각에는 항시 두 분의 의원이 상주하고 있으니 몸에 이상이 있으면 참지 말고 즉각 혜선각으로 가서 치료를 받아라."

팔괘에 따라 배치된 여덟 채의 건물을 한 바퀴 다 돈 뒤에야 일과가 마무리되었다.

그렇게 소년들의 잠룡관 생활이 시작되었다.

*　　　*　　　*

태양도 뜨지 않은 이른 새벽, 마흔 명의 수련생이 연무장에 정렬해 있었다.

　단상 위에서 수련생들을 내려다보던 수석 교두 남궁철우가 서늘한 새벽 공기를 마시며 입을 열었다.

　"내가 너희에게 가르칠 심법은 대연신공이다."

　수련생들의 눈이 반짝였다.

　대연신공.

　남궁가의 진산절예로 절정을 넘볼 수 있는 상승심법이다.

　대연신공의 구결을 구술한 남궁철우는 수련생들에게 가부좌를 틀게 했다.

　"지금부터 진기를 도인할 테니, 그 느낌을 잊지 마라!"

　교두들이 돌아다니며 진기를 도인하자 수련생들은 눈을 감고 정신을 집중했다. 하지만 연후는 별 관심이 없는 얼굴이었다.

　연후에게는 천극이 창안한 천도무극공이 있었기 때문이다.

　한 교두가 다가와 진기도인을 하려고 하자 연후가 손을 들어 교두의 행동을 제지했다.

　"저는 괜찮습니다. 익히고 있는 심법이 있습니다."

　교두가 멈칫했다.

　"너, 이름이 어떻게 되지?"

　"남궁연후입니다."

　'따로 심법을 익히고 있는 이가 셋으로 조휘, 연후, 무외라 했던가?'

상부의 명이라던 남궁철우의 말을 떠올렸다.

교두는 고개를 끄덕이며 연후를 유심히 쳐다보았다.

귀티 나는 외모에 매력적인 얼굴.

그 나이에 보일 수 없는 묵직한 무게감에 교두는 연후가 대단한 신분을 지니고 있을 거라고 판단했다.

그렇지 않고는 상부의 명령을 설명할 수가 없었다.

교두는 대체 얼마나 대단한 신분이기에, 또 얼마나 대단한 내공심법을 익히고 있기에 대연신공을 익히지 않을까, 하는 생각을 하며 뒤로 물러났다.

얼마 뒤, 교두들이 진기도인을 마치고 돌아오자 남궁철우가 입을 열었다.

"내공수련은 인시부터 진시까지, 유시부터 해시까지 이렇게 총 네 시진을 기본으로 한다. 단, 앞으로 열흘 동안은 구결과 진기의 이동경로를 숙지하는데 주력할 것이다. 질문 있나?"

"없습니다!"

"그럼, 지금부터 다시 구결을 구술하겠다!"

한 자라도 더 많이 구결을 기억하기 위해 남궁철우의 말을 경청하는 다른 수련생들과 달리 연후는 어두컴컴한 하늘을 보며 천도무극공에 대해 생각하고 있었다.

현재 그의 천도무극공은 양각의 초입을 넘어 하문에 완전히 뿌리를 내린 상태였다. 하지만 천도무극공의 진정한 공능은 후천의 껍질을 벗는 백월의 경지부터라고 할 수 있었다. 아직

갈 길이 먼 연후였다.

'양각이 껍질을 벗으려면 지금보다 적어도 세 배는 더 구각
일선기를 키워야 돼.'

갈 길이 멀지만 걱정은 없다.

천도무극공은 할아버지가 그를 위해 만든 무공. 할아버지를
믿는 만큼 천도무극공을 믿는 연후였다.

연후는 들숨은 짧고 빠르게, 날숨은 길고 느리게 하며 서서
히 의식을 침잠시켰다.

납단속토장완(納短速吐長緩).

이 호흡에 열여섯 자 구결이 녹아들면 구각일선기가 껍질을
벗으리라!

*　　　*　　　*

열흘이 지나고 본격적인 수련이 시작되었다.

"모두 목검을 들어라!"

남궁철우의 명령에 목검을 드는 수련생들의 얼굴은 하나같
이 상기되어 있었다. 강호 절정심법인 대연신공을 배운 뒤였
기에 수련생들의 기대는 실로 대단했다. 하지만 막상 뚜껑을
열자 그 안의 내용물은 전혀 기대에 미치지 못하는 것이었다.

일만격(一萬擊)!

말 그대로 목검을 일만 번 휘두르는 것이었다.

강호 삼류무공인 태산압정과 횡소천군을 각각 삼천 번씩,

그리고 여기에 선인지로 사천 번을 더하는…….

수련생들의 실망은 당연했다.

게다가 교두들은 이미 다 알고 있는 검의 파지법과 진각과 자세에 대해 일일이 지적했다.

처음에는 몸에 맞지 않는 옷을 입은 듯 불편하고 어색했다.

단순하기 짝이 없는 베기와 찌르기가 이렇게 힘든 것인지 예전에는 미처 알지 못했다. 하지만 차츰 익숙해지자 전보다 더 검끝에 힘이 실리는 것이 확연히 느껴졌다.

무재를 인정받은 소년들답게 얼마 지나지 않아 모두 올바른 자세로 검을 다루게 되었다. 그러나 일만 번은 결코 적은 숫자가 아니다.

다섯 살 때부터 수년 간 연련한 내공은 진즉에 고갈되었고, 온몸의 근육이 파열할 듯 비명을 질러대지만 누구 하나 검을 멈추는 이가 없었다. 하지만 인간의 체력에는 엄연히 한계가 존재했다.

풀썩!

한 수련생이 검을 휘두르다 말고 앞으로 고꾸라졌다.

교두가 바닥에 쓰러져 부들부들 떠는 수련생의 명문혈에 진기를 불어넣었다.

"대연신공을 운기해라!"

교두의 도움으로 자리에서 겨우 일어난 수련생이 가부좌를 틀고서 대연신공을 운기하기 시작했다.

얼마 뒤, 또 한 명이 쓰러졌다.

하나가 둘이 되고, 둘은 곧 열이 되었다.

한계에 달한 정신이 무너지는 것은 순식간이었다. 탈락의 물결이 마치 전염병처럼 퍼졌다.

탈락자가 연이어 속출하더니 진시에서 시작된 일만격 수련이 약 두 시진을 넘어갈 무렵, 연무장에는 단 네 명만이 남아 목검을 휘두르고 있었다.

남궁조휘, 남궁대강, 남궁명, 그리고 연후였다.

'으응? 이게 뭐지?'

마치 전신의 모든 감각이 열리는 듯한 느낌에 연후의 목검이 살짝 흔들렸다. 금세 평정을 되찾기는 했지만, 연후는 당혹스러웠다.

'내게 무슨 일이 일어난 거지?'

뇌리를 가장 먼저 스친 것은 천마불사혈기였다. 하지만 천마불사혈기가 봉인을 깼을 때와는 달랐다.

광기와 살의가 없었던 것이다.

'으음!'

감각이 개방되자 수많은 정보가 연후에게 유입되었다. 연후가 생각하기에는 별 필요도 없는 정보들 같았지만, 그건 틀린 생각이었다.

오감이 받아들인 정보들을 분석한 육감(六感)이 단 하나의 길을 연 것이다. 육감이 연 길을 목검이 질주했다.

슈악!

연후는 전율했다.

말로 표현할 수 없는 쾌감이 손끝에서부터 전신으로 퍼져 나갔다.

슈악!

연후는 마치 뭐에 홀린 사람처럼 목검을 휘둘렀다. 둥실 춤을 추듯 목검이 박자를 타며 바람을 가른다.

마치 할아버지의 천하장군검처럼.

'재밌는데?'

연후의 입술이 실룩였다.

하지만 거기까지다.

다짐한 대로 연후는 절대 웃지 않았다.

"독종이 넷이군."

남궁철우의 감탄 섞인 평에 교두들은 깊이 공감했다. 교두들은 모두 잠룡관 출신이었던 것이다.

"얼마나 더 버틸까요?"

"많이 버텨봐야 천 번. 그 이상은 무리겠지. 체력도 내공도 바닥난 지 오래니까."

냉정하나 더없이 정확한 평가였다.

교두 중 어느 누구도 저들 네 수련생이 일만격을 해낼 거라고는 기대하지 않았다.

'여기까지 버틴 것만 해도 대단한 일이지.'

남궁철우는 속으로 중얼거렸다.

한 기수에 한 명 나오기도 힘든 인재들이 이번 기수에는 무려 네 명이나 모여 있었다.

'어쩌면 역대 최강의 기수가 탄생할지도 모르겠군.'

그때, 한 수련생이 갑자기 검을 멈췄다.

실처럼 가늘고 작은 눈의 소년, 일만격 수련 내내 웃음을 잃지 않던 남궁명이었다.

단상 아래에서 대기하고 있던 한 교두가 다가와 물었다.

"포기하는 것이냐?"

"일만격 수련은 오늘만 하는 게 아니잖아요."

나이답지 않은 영악한 대답에 남궁철우가 피식 웃었다.

'천이각주의 네 아들 중 막내아들이 그 피를 가장 진하게 타고 났다고 하더니 그 말이 참말이었군.'

좋게 말하면 똑똑하고 나쁘게 말하면 음흉한 성격. 전형적인 책사의 자질이다. 남궁철우는 대연신공을 운기하는 남궁명에게서 시선을 거두며 전방을 응시했다.

남은 수련생은 이제 남궁조휘와 남궁대강과 연후.

다시 시간이 흘러,

털썩!

다른 소년들보다도 족히 머리 하나 반은 큰 남궁대강이 바닥에 주저앉아 숨을 헐떡였다.

전신이 땀으로 범벅이 된 남궁대강은 일만격 중 팔천사백팔십오 회에서 탈락했다.

대단한 기록이었다.

잠룡관 수석 교두이며 청룡검수인 남궁철우의 첫날 기록에 버금가는 기록.

다른 기수였다면 의심의 여지가 없는 일등이다.

'열한 살이라고 했던가?'

나이답지 않게 노숙한 얼굴과 곰처럼 떡 벌어진 어깨를 지닌 남궁대강을 보며 남궁철우는 쓰게 웃었다. 그 아비인 맹룡당주를 그가 알고 있지 않았다면 나이를 속이고 잠룡관에 입관한 게 아니냐며 의심했을 것이다.

'어쩜 아비와 아들 모두 저렇듯 노숙한지······.'

남궁철우는 고개를 절레절레 흔들며 전방을 쳐다보았다.

쐐애액!

남궁조휘와 연후의 목검이 허공을 꿰뚫고 있었다.

남궁철우의 얼굴에 엷은 홍분이 감돌았다.

'어쩌면······.'

남궁철우는 속내의 말을 삼키며 전방을 주시했다.

세 시진이나 검을 휘둘렀음에도 남궁조휘의 목검은 조금의 흔들림도 보이지 않고 있었다.

체력과 내공에 여유가 있다는 의미였다.

'가주께서 그 재능을 어여삐 여기시어 몇 년 전부터 청룡무상신공을 익히고 있다더니. 과연 대단한 재능이다!'

의외는 연후였다.

연후에 관해 그가 아는 건 얼마 되지 않았다.

'나이는 열 살, 회녕 지부 출신이라고 했던가?'

하지만 남궁철우는 안다.

이번 기수 중 회녕지부 출신은 없다.

잠룡관 회녕 지부의 심사를 담당했던 동기에게서 들은 말이니 확실할 터. 그래서 더 의심이 간다.

연후의 정체에 대하여!

'너, 정체가 뭐냐?'

남궁철우는 연후에게 대연신공을 가르치지 말라는 상부의 명령이 이해가 가지 않았다.

물론 남궁조휘와 무외에게도 동일한 명령이 떨어졌으나, 이 둘과 연후는 처한 상황이 달랐다.

남궁조휘는 청룡무상신공을 익히고 있으며, 무외는 가주의 밀명이 있었다. 하지만 연후는 들은 바가 전혀 없다.

명령의 이유가 명확하지 않은 것이다.

그저 따로 익히는 심법이 있으니 가르치지 말라, 라는 게 명령의 전부였다.

이렇듯 정체가 모호한 연후에게 회녕지부 출신이라는 거짓된 정보가 더해지자 모든 게 다 의심스러워 보였다.

'한번 찔러봐?'

남궁철우는 고개를 저었다.

그동안 그가 본 연후의 성격상 찌른다고 순순히 말해줄 것 같지는 않다.

연후는 마치 벽을 세우듯 혼자만의 세상에서 살고 있었다. 동기들과 대화를 하는 걸 한 번도 본 적이 없었다.

남궁철우가 상념에 빠져 있을 무렵, 일만격 수련이 끝을 향해 달려가고 있었다.

운기를 끝낸 수련생들이 긴장한 얼굴로 두 소년을 쳐다보았다.

긴장하기는 교두들도 마찬가지.

모두가 숨죽인 가운데 시간은 흐르고, 두 목검이 경쾌하게 허공을 관통했다.

"열!"

창천대 출신의 교두가 외쳤다.

그의 목소리에는 뜨거운 열기가 감돌고 있었다.

슈악!

땅바닥에 퍼질러 앉아 있던 수련생들이 벌떡 일어나 주먹을 꽉 쥐었다.

"아홉!"

줄어드는 숫자에 맞춰 목소리가 커졌다. 열기는 한없이 고조되어 분위기가 후끈 달아올랐다.

그리고 마지막!

"영!"

남궁조휘의 몸이 넘어질 듯 휘청거렸다.

땀으로 범벅이 된 얼굴과 무복.

얼굴에 달라붙은 머리카락을 떼어내며 목검을 하늘 높이 들어 올린다.

"와아아아아아!"

함성을 지르며 달려나가던 수련생들이 우뚝 걸음을 멈췄다.

슈악!

허공을 꿰뚫는 날카로운 기음!

쩌릿쩌릿한 기백을 내뿜으며 연후가 선인지로를 펼치고 있었다. 남궁철우가 연후의 팔을 붙잡았다.

"…벌써 끝인가요?"

연후의 아쉬워하는 목소리에 수련생들은 물론 교두들조차 경악했다.

*　　*　　*

일 년 뒤.

수련생 전원이 양팔에 납 주머니를 차고 철심을 박은 목검으로 일만격을 해내자 교두들이 본격적으로 무공을 가르치기 시작했다.

창궁십이검, 묵암팔검, 구벽신권, 낙운장, 삼합지, 한령신조, 풍비각, 천리신행, 연원보.

여기에 앞전에 배운 대연신공을 더하면 은검십무(銀劍十武)가 완성된다. 하지만 은검십무 중 실제 익히는 무공은 많아야 대여섯 종이다.

일반적으로 대연신공을 기반으로 창궁십이검과 묵암팔검 중 하나를 선택하고, 천리신행과 연원보를 수련한다.

가끔 권장지각의 무공을 깊이 파고드는 이도 있지만, 그런 이는 극소수였다.

하지만 연후는 달랐다.

연후는 창궁십이검과 묵암팔검은 물론 권장지각에도 관심을 가졌다.

교두들은 일검(一劍)이 만공(萬工)을 제압한다, 라는 말로 우려를 표하기도 했지만, 연후는 그런 그들의 우려가 무색하게 놀라운 속도로 은검구무를 익혀 나갔다. 연후에게는 천도무극공이 있으니 대연신공은 당연히 익히지 않았다.

원래 연후는 무공은 대충 익힐 생각이었다.

언제 깨어날지 모르는 천마불사혈기를 생각하면 무공 따위에 시간을 허비할 여유가 그에겐 없었다. 하지만 일만격 수련이 그 생각을 바꾸었다.

'몸을 한계까지 몰아붙이면 선천지기가 활성화된다!'

반 시진 정도 몸을 혹사시키고 난 뒤, 천도무극공을 운용하면 평소보다 무려 다섯 배나 많은 선천지기가 하문에 쌓였다. 하지만 체력이 회복되고 나면 다시 원래의 속도로 돌아가기에 일정 주기마다 몸을 혹사시켜야 했다.

물론 무공을 수련함으로 인해 천도무극공을 운용할 시간이 줄어든 것이 사실이다. 하지만 열두 시진 내내 천도무극공을 운용하는 것보다 지금 이 방식으로 얻은 구각일선기의 양이 훨씬 더 많다.

문제는 연후의 재능이었다. 은검구무로는 연후의 거대한 재능을 감당할 수 없었던 것이다.

덕분에 연후는 괴물(怪物)이라는, 별명 아닌 별명을 가지게 되었다.

*   *   *

   할아버지와 헤어진 지 삼 년이 다 되어가는 어느 날,

   양각이 껍질을 깨고, 선천의 정이 만개했다.

   비록 후천의 껍질을 벗으며 그 크기가 십 분의 일로 줄어들었지만, 연후는 조금도 개의치 않았다.

   이제야말로 진정한 천도무극공에 들어섰기 때문이다.

   백월.

   후천의 흔적을 모두 지운 선천의 정이다.

第三章 마성(魔性)

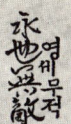

공든 쌓은 탑이 무너지는 것은 순식간이었다.

한 동작을 수만 번 이상 반복하며 몸에 각인시킨 초식들이 한순간에 길을 잃고 난잡해졌다.

할아버지가 십이경맥에 봉인한 천마불사혈기와 선천지기의 충돌이 그 원인이었다.

'할아버지도 이건 예상하지 못하셨을 거야.'

다행히 천뢰금마대법에는 아무런 문제도 없었다. 봉인이 깨어졌다면 그가 제정신을 유지하고 있을 리 없기 때문이다.

상극이기 때문일까?

봉인에도 불구하고 천마불사혈기가 반발했다. 물론 봉인이 되어 있기에 반발력은 미약했다.

문제는 이 정도 반발력에도 흔들리는 그의 선천지기였다.

'연후야, 아직 멀었구나!'

백월은 끝이 아닌 시작에 불과했다.

금단, 금령, 원영신, 무극!

할아버지가 목숨으로 펼친 천뢰금마대법이 깨어지기 전에 최소 원영신은 이루어야 한다.

지금은 무공 따위에 신경을 쓸 때가 아닌 것이다.

천마불사혈기를 힘으로 찍어 누르고 제압하기 위해서는 천도무극공에 목숨을 걸어야 한다. 그런데 이상할 정도로 천도무극공에 집중이 되지 않는다.

이런 경우는 처음이었다.

왜일까?

답은 그의 안에 있었다.

연후도 알지만 인정하기 싫은 그것!

무공이다.

'내가 고작 무공 때문에 집중을 하지 못한다고?'

연후는 당혹스러웠다.

그에게 무공은 천도무극공의 빠른 성취를 위한 수단에 불과했다. 그런데 막상 무공을 펼칠 수 없게 되자 진심을 알게 되어버렸다.

'…무공을 펼치고 싶어! 감각이 활짝 열리는 그 감각을, 그 쾌감을 다시 한 번 맛보고 싶어!'

중독이었다.

무공이라는 마약에 연후도 중독이 되어버린 것이다.

그의 할아버지가 그랬던 것처럼.

'대체 무공이 뭐기에!'

연후는 이 상황이 마음에 들지 않았다. 무공 따위에 정신을 빼앗긴 자신에게 화가 나 잠도 오지 않았다.

'빌어먹을!'

무공을 생각하지 않으려고 할수록 머릿속은 온통 무공에 관한 생각뿐이다. 상황이 이러니 천도무극공에 집중할 수 있을 리 없다. 그래서 하루는 마음이 원하는 대로 종일 무공만 펼쳐 보았는데, 역시나 엉망진창이다.

완전히 무너진 초식의 형(形)에 병신춤만 실컷 췄다.

'할아버지, 저에게 힘을 주세요!'

할아버지가 떠난 그날처럼 여명이 밝아오는 하늘을 보며 연후가 간절히 빌었다. 하지만 하루가 흐르고 열흘이 지나도 상황은 나아지지 않았다.

무공은 여전히 병신춤만 추고 있고, 천도무극공에도 집중이 되지 않는다.

답답했다.

뭘 어떻게 해야 할지 몰라 막막했다. 할아버지가 옆에 있었다면 간단히 해결해 주었을 텐데.

'할아버지!'

연후는 속으로 할아버지를 불렀다. 돌아오는 대답은 없지만, 단지 부르는 것만으로도 마음이 진정된다.

그렇게 연후는 하루에도 수백 번 할아버지를 불렀다.

*　　　　*　　　　*

"며칠 후 다가오는 원단(元旦)부터 매달 초하루에 잠룡대
전(潛龍大戰)이 열린다."

"수석 교두님, 잠룡대전이 뭔가요?"

안 그래도 작은 눈이 습관적으로 짓는 미소 때문에 하나
일(一)처럼 보이는 남궁명이 손을 번쩍 들며 질문했다.

"좋은 질문이다. 잠룡대전은 일인당 총 서른아홉 번의 비무
를 벌이는 비무대전으로 자신의 현 위치를 확인하는 귀중한
시간이 될 것이다. 참고로 잠룡대전은 참여에 예외가 없는 강
제사항이다."

"실력을 점검한다는 취지는 좋지만 하루에 서른아홉 번이
나 싸우는 건 무리 아닌가요? 중간에 부상을 당할 수도 있고,
그렇게 되면……."

"부상이라면 걱정할 필요 없다. 지금까지 그래왔던 것처럼
혜선각 의원들께서 너희를 치료해 줄 테니."

"저는 지금 부상 따위를 걱정하는 게 아닙니다. 체력이 떨어
진 상태로 비무해 봐야 제 실력을 발휘할 수 없지 않겠습니까?
저는 그것을 걱정하고 있는 겁니다."

"그것 역시 자신의 실력 아닌가?"

"네?"

"너는 비무를 왜 한다고 생각하나?"

"그거야 당연히 실전을……."

"그렇다. 비무는 실전을 대비한 훈련이다. 패배는 곧 죽음인 실전에서 체력이 떨어져서 제 실력을 발휘할 수 없다는 말은 곧 나 죽여 달라는 말에 진배없다. 적은 네 사정을 봐주지 않는다. 네가 약한 모습을 보이면 도처에 도사린 적들이 네 목을 물어뜯을 것이다. 실전은 그런 것이다."

반박의 여지가 없는 완벽한 패배에 언제나 미소를 잃지 않던 남궁명이 입술을 일그러뜨렸다.

교두들이 와룡각으로 들어가자 수련생들이 삼삼오오 모여 떠들기 시작했다. 그러다 한 소년이 툭 내뱉듯 화두 아닌 화두를 던졌다.

"우리 중 누가 가장 강할까?"

"으음, 아마 조휘가 가장 강하지 아닐까?"

"뭔 소리야? 당연히 조휘보단 연후가 더 강하지!"

자기네들끼리 투덕거리던 수련생들의 시선이 두 소년에게 향했다. 남궁조휘와 연후는 무재를 인정받은 기재 중에서도 그 재능이 단연 독보적이었다.

직접 검을 부딪쳐 보지 않아도 그 정도는 알 수 있다. 짧게는 팔 년, 길게는 십 년이 넘게 무공을 익혀왔기에!

그렇게 수련생들의 기대와 흥분 속에 원단의 아침이 밝았다.

                        *   *   *

　구름 한 점 없는 하늘은 높고 맑았다.

　청명각에서 나오는 연후의 얼굴에 언뜻 짜증이 떠올랐다.

　연후는 와룡각 그의 방에 대학(大學)과 문방사우 꾸러미를
갖다놓고서 목검을 들고 밖으로 나왔다.

　연무장에는 이미 수련생들이 모여 있었다. 수련생들은 긴장
과 흥분으로 들뜬 상태였는데, 얼마 지나지 않아 총교두를 필
두로 교두들이 나타났다.

　"지금부터 잠룡대전을 시작하겠다!"

　남궁훈의 선언에 이어 교두들이 대전할 상대를 정해주었다.
연후의 첫 비무상대는 남궁조휘였다.

　훤칠한 키에 작고 갸름한 얼굴, 넓은 어깨와 긴 팔다리.

　머리부터 발끝까지 너무도 완벽하여 도리어 인간미가 없는
남궁조휘가 잔뜩 상기된 표정으로 말했다.

　"이 시간을 기대하고 있었습니다."

　"기대하지 마."

　연후가 툭 내뱉듯 말했다. 남궁조휘의 눈썹이 꿈틀 움직였
다.

　"개인적으로 농담을 싫어합니다만."

　"농담은 나도 싫어해."

　대화가 끊기며 무거운 침묵이 감돌았다.

　"비무를 시작하라!"

남궁훈의 내공이 담긴 웅혼한 외침에 남궁조휘가 목검을 들었다. 하지만 연후는 바닥에 목검을 늘어뜨린 채로 가만히 서 있었다.

"지금 뭐하는 겁니까?"

남궁조휘의 전신에서 칼날과도 같은 예기가 뿜어져 나오는 순간, 연후가 목검을 바닥에 툭 던졌다.

"지금 나를 무시하는 겁니까!"

남궁조휘의 성난 외침에 수련생들이 비무를 멈추고 두 사람을 쳐다보았다.

교두들은 당황하여 어서 비무를 재개하라고 소리쳤다. 그에 비무가 다시 재개되기는 했지만, 수련생들의 관심은 온통 연후와 남궁조휘에게 향해 있었다.

의욕 없는 목검들의 충돌 위로 속삭이듯 작은 목소리들이 연무장을 떠돌았다.

"어째서 목검을 던진 걸까?"

"혹시 적수공권으로 싸우려는 건 아닐까?"

"에이, 설마! 상대는 다름 아닌 조휘라고. 천재 남궁조휘!"

웅성거림이 커졌다.

덩달아 목검들의 충돌음이 줄어들었다.

이대로 두면 안 되겠다고 판단한 남궁철우가 연후에게 걸음을 옮겼다.

"적수공권으로 비무를 할 생각인 것이냐?"

남궁철우의 물음에 모든 수련생이 비무를 멈추고 연후의 입술을 일제히 쳐다보았다. 모두의 관심과 신경이 한곳에 집중되자 지독한 적막감이 연무장을 뒤덮었다.

꿀꺽!

한 수련생의 침 삼키는 소리에 긴장감이 더욱 고조되었다. 수련생들뿐만 아니라 교두들도 어느새 연후의 입술을 뚫어져라 쳐다보고 있었다.

그렇게 긴장감이 최고조에 다다를 무렵, 연후가 천천히 입을 열었다.

"…기권하겠습니다!"

연후의 그 말에 장내의 모두가 경악했다.

연후의 요구는 받아들여지지 않았다.

삼십구 전 삼십패.

비무 내내 목검 한 번 휘두르지 않았으니, 당연한 결과였다. 잠룡대전이 끝나자마자 남궁철우가 연후를 호출했다.

"뭐가 불만이지?"

"……"

무표정한 얼굴로 입을 다물고 있는 연후의 모습에 남궁철우가 탁자를 치며 일어났다. 장대한 체구의 남궁철우가 일어나자 묵직한 위압감이 연후를 짓눌렀다.

"다시 한 번 묻는다. 뭐가 불만이지?"

"없습니다, 불만."

"하하하, 불만이 없다? 그따위로 비무를 해놓고도 불만이 없단 말이지."

"저는 분명 기권하겠다고 말했습니다."

남궁철우의 무서운 눈빛에도 연후는 시선을 피하지 않았다. 연후를 한참 동안 노려보던 남궁철우가 한숨을 쉬며 다시 의자에 앉았다.

"질문을 바꾸지. 뭐가 문제냐?"

"말씀드릴 수 없습니다."

"문제가 있긴 있었던 것이구나! 그래, 무엇이냐. 무엇이 너를 비무에 집중하지 못하게 하였느냐!"

남궁철우가 반색하며 자리에서 일어났다. 하지만 연후의 대답은 전과 동일했다.

"말씀드릴 수 없습니다."

"…왜냐?"

남궁철우는 화를 참기 위해 부단히 노력했다. 하지만 이어지는 연후의 대답에 결국 폭발하고 말았다.

"수석 교두님께서 도울 수 있는 문제가 아니니까요."

탕!

"네놈이 지금 나를 무시하는 것이냐? 뭐, 내가 도울 수 없는 문제라고?"

"그렇습니다."

연후의 표정은 시종일관 건조했다.

감정이 마모된 듯한 연후의 무표정한 얼굴에 남궁철우가 치켜들었던 팔을 힘없이 내렸다.

"알겠다. 말하기 싫다면 하지 않아도 좋다. 하지만 잠룡대전의 기권은 허락할 수 없다. 전에 말했듯이 잠룡대전의 참여는 예외가 없는 강제사항이다. 돌아가라."

남궁철우의 축객령에 연후는 고개를 꾸벅 숙인 뒤, 교두들의 집무실로 사용되는 목조건물을 나왔다.

연후는 하늘을 쳐다보았다.

어둠이 짙게 깔린 밤하늘에 별들이 점점이 박혀 있었다.

'할아버지, 저도 알아요. 제가 잘못한 거. 하지만 그게 제가 할 수 있는 최선이었어요.'

무표정한 얼굴을 하고 있지만, 연후에게도 감정이 있었다. 기권을 요구한 것도 비무 내내 목검 한 번 휘두르지 않은 것도 그래서였다.

패배는 기정사실이니까!

원래라면 상대도 되지 않을 아이들에게 꼴사납게 저항하다 질 바에야 최소한의 자존심이라도 지키고 싶은 게 연후의 솔직한 마음이었다.

'이런 게 분하다는 걸까?'

차곡차곡 쌓인 패배의 기억들에 가슴이 들끓었다.

연후는 입술을 깨물었다.

부글부글 끓어오르는 이 감정을 연후는 절대 인정하지 않았다. 분함을 인정하는 순간, 패배가 곧 진실이 되어버리니까.

'나는 진 게 아냐.'

연후가 마음속으로 조용히 중얼거렸다. 하지만 몸 여기저기에서 울려 퍼지는 고통들이 일제히 패배를 외치고 있었다.

'나는 패배하지 않았어! 나는 아직 누구에게도 패배하지 않았다고!'

연후는 부정했다.

뜨겁게 달아오르는 가슴에 연후가 주먹을 꽉 쥐었다.

어두운 밤.

연후의 내면에 잠자고 있던 호승심이 깨어나고 있었다.

*　　　*　　　*

연후는 이번에도 전패했다.

남궁조휘는 지난번과 마찬가지로 무패전승으로 우승을 차지했는데, 그의 검을 십초 이상 받아내는 자가 없었다. 두 번의 잠룡대전에서 각각 한 번씩 차석을 차지했던 남궁대강과 남궁명에게도 남궁조휘는 넘을 수 없는 벽이었다.

불과 몇 달 전까지만 해도 남궁조휘와 나란히 이름이 거론되던 연후였다. 둘의 운명을 뒤바꾼 것은 바로 잠룡대전이었다.

천재는 비상하고 괴물은 끝없이 추락했다.

연후는 자신을 바라보는 동기들의 시선이 달려졌음을 알고 있었다. 동경에서 비웃음으로…….

변한 건 또 있었다.

전과 달리 연후의 주변으로 동기들이 바글거렸다. 잠룡대전

이 진행되면서 연후가 실전에는 젬병이라는 게 알려지자 은연
중에 연후에게 두려움을 품고 있던 동기들이 다가와 가식적인
위로와 격려를 건넸다.

역겨웠다.

겉으로는 위로하고 격려하지만, 속으로는 꼴좋다며 비웃고
있을 동기들이 연후의 눈에는 마치 마귀처럼 보였다.

연후는 그럴 때마다 속으로 되뇌었다.

'신경 쓰지 말자. 어차피 나와는 인연이 없는 이들이다.'

동시에,

'죽여 버려! 너라면 저딴 놈들, 간단히 찢어죽일 수 있잖
아!'

마음 한쪽, 그를 유혹하는 목소리가 있었다.

천마불사혈기가 봉인을 깬 것일까?

아니다.

환청이 아닌 실재하는 그것은 바로 연후의 목소리였다.

할아버지에게도 끝까지 감췄던 진실.

그것은 어둠이었다.

천마대법의 마지막 단계에서 태어난 어둠!

그의 또 다른 자아였다.

아니, 감추고 있다 뿐이지 연후와 어둠은 둘이자 하나였다.
단지 할아버지에게 버림받는 게 두려워 본성을 드러내지 않았
을 뿐이다.

'뭘 걱정하는 거야. 이제는 네가 사랑하는 할아버지도 없

잖아?

연후의 마음이 흔들렸다.

연후도 내심 그런 생각을 하고 있었기에 유혹을 떨쳐내는 게 힘들었다. 하지만 연후는 끝까지 버텼다.

남궁(南宮)!

연후를 붙든 한 단어였다.

'내가 저들을 죽이면 할아버지가 슬퍼하실 거야!'

할아버지가 슬퍼하는 모습을 떠올리자 어둠이 거짓말처럼 침묵했다.

연후는 안도의 한숨을 쉬며 멈췄던 걸음을 내디뎠다.

그런 그를 말상에 점박이 소년, 남궁첨이 어둠 속에서 노려보고 있었다.

'미천한 지부 출신 주제에!'

잠룡관 내부에 알게 모르게 존재해 왔던 합비 본가 출신과 지부 출신의 갈등.

안휘성 마흔하나의 현에 지부를 둘 만큼 거대한 세력을 자랑하는 남궁세가였지만, 그 안에는 이러한 갈등들이 곪아가고 있었다.

'빌어먹을, 지부 출신!'

차마 입 밖에 내진 못하고 속에다 응어리진 외침을 토하는 남궁첨. 그가 지부를 경멸하는 이면에는 지부 출신인 그의 아버지가 있었다.

아버지는 뛰어난 능력을 인정받아 본가에 입성하였지만, 지부 출신이라는 이유로 온갖 불이익을 당하였다. 아버지는 술만 먹으면 자신의 출신을 한탄했고, 어린 남궁첨에게 지부는 곧 경멸이라는 단어로 바뀌어 뇌리에 각인되었다. 그래서 지부 출신인 연후가 미웠던 것이다.

'회녕 지부라고 했던가?'

본가가 있는 합비에서도 한참이나 떨어진 시골 지부 출신 주제에 가주가 그 재능을 인정한 천재 남궁조휘와 대등한 위치에 선 연후를 그는 질투했다.

남궁조휘와 버금가는 마력적인 외모에 뛰어난 무공실력, 거기다 물건까지 큰 연후가 그는 부럽고 미웠다. 백암폭포에서 멱을 감을 때 힐끗 본 연후의 물건은 또래와는 격이 다른 위엄을 자랑했다.

'흥, 비루먹은 대물 주제에!'

연후가 잘 나갈 때는 감히 생각조차 하지 못했던 그 말.

하지만 실전에는 젬병이라는 것을 확인했으니, 이제 두려울 게 없다.

남궁첨이 달려나가 연후의 앞을 막아섰다.

"어이, 비루먹은 대물!"

남자에게 있어 굉장히 모욕적인 말이었다. 특히나 자신의 물건에 남다른 자부심을 가진 자라면 더더욱 발끈할 말이다. 하지만 연후는 무덤덤했다. 또래보다 월등히 큰 물건을 가진 연후지만, 물건의 크기가 다가 아님을 안다. 천하를 떠돌며 들은 풍문 덕에 또래보다 많은 것을 아는 연후였다.

계획과 달리 연후가 무덤덤한 반응을 보이자 남궁첨이 얼굴을 찡그렸다. 연후가 돌아서 가려하자 남궁첨이 다시 앞을 막아섰다.

"뭐하는 거지?"

연후의 눈빛이 서늘하게 가라앉았다. 잠시 움찔했던 남궁첨이 얄밉게 웃으며 말했다.

"뭐하는 거 같아?"

"…너, 이름이 뭐였지?"

연후의 말에 남궁첨의 얼굴이 굳어졌다.

"농담이지? 같이 지낸 게 얼만데, 동기의 이름을 모르겠어?"

연후는 대답하지 않았다. 그러나 남궁첨에게는 충분히 대답이 되었다.

'당했다!'

연후에게 수모를 주려다 도리어 자신이 굴욕을 당해 버렸다. 주먹을 꽉 쥐고 몸을 부들부들 떠는 남궁첨을 피해 연후가 걸음을 옮겼다.

'귀찮은 건 질색이다.'

하지만 남궁첨은 아직 연후를 보낼 생각이 없었다. 남궁첨이 옆을 스쳐 지나가는 연후의 팔을 붙잡았다. 아니, 붙잡으려고 하는 순간, 연후의 몸이 흐릿해지더니 반 장 앞에 나타났다.

허공에 팔을 뻗은 채 멍하니 있던 남궁첨이 퍼뜩 정신을 차리며 외쳤다.

"기억해! 내 이름은 남궁첨이다!"

커다란 외침이 무색하게 연후는 남궁첨의 말을 한 귀로 흘렸다.

걸음을 옮기는 내내 연후는 방금 전의 움직임에 대하여 생각하고 있었다. 남궁첨의 손을 피한 그의 움직임은 마치 무공을 펼칠 때처럼 쾌속했다.

'연원보?'

연후는 고개를 저었다.

'나는 연원보를 펼친 적이 없어.'

천마불사혈기의 반발로 연원보는 물론 무공 자체를 쓸 수 없는 연후였다. 원래라면 내력이 담긴 남궁첨의 손을 피할 수 없어야 정상이다.

'하지만 나는 피했다!'

단지 우연일까?

연후의 직감은 우연이 아니라고 말하고 있었다.

'분명 내가 모르는 뭔가가 있을 거야!'

걷다 보니 어느새 숙소에 도착한 연후는 침상에 걸터앉아 좀 전의 상황을 떠올렸다. 팔을 잡으려는 남궁첨의 행동에 반응하는 자신의 몸, 생각, 그리고 선천지기를 분석하던 연후의 얼굴이 묘하게 변했다. 연후의 악마적인 두뇌와 항시 행하는 내관의 습관 덕에 가능한 일이었다.

'내가 피해야겠다고 마음먹는 순간, 하문의 선천지기가 움

직였어!'

놀라운 건 그 다음이다.

걸음을 내딛는 일련의 행동에 동원되는 모든 근육이 순차적으로 길을 열고 있었다. 길은 선천지기가 지나가는 즉시 닫혔는데, 몇 년이나 내관을 행한 연후도 처음 보는 광경이었다.

'몸 안에 혈도 이외에도 다른 길이 있었단 말인가?'

연후는 믿기지 않아 기억을 몇 번이나 되풀이하여 분석했다. 그리고 그는 인정했다.

혈도 이외에도 다른 길이 있음을!

연후는 침상에서 일어났다. 그리고 한 발, 걸음을 내디뎠다.

'역시!'

마치 산맥의 장대한 물결처럼 연이어 융기하는 근육들이 순차적으로 길을 열었다 닫기를 반복하고 있었다.

원하는 것을 확인한 연후는 다시 걸음을 내디뎠다.

이번에는 길이 열리고 닫히는 속도에 맞춰 선천지기를 움직였다. 하지만 연후의 몸은 걸음을 채 내딛지도 못하고 휘청거렸다.

'뭐가 문제지?'

연후는 바닥에 쭈그리고 앉아 실패의 원인에 대하여 고민했다. 연후의 머리가 팽팽 돌아가더니 얼마 지나지 않아 그 원인을 알아냈다.

'그래, 너무 많은 선천지기가 문제였어!'

몸 안의 근육들이 만들어낸 길은 굉장히 협소했다. 그의 선천지기가 십이면 일도 채 받아들이지 못할 만큼.

연후는 다시 일어나 걸음을 내디뎠다. 일 할의 선천지기를 열렸다 닫히는 길에 밀어 넣자 그의 몸이 앞으로 튀어 나갔다.

탁!

원래 서 있던 곳에서 정확히 반 장 앞에 모습을 드러낸 연후가 주먹을 힘껏 쥐었다. 비록 남궁첨의 손을 피할 때처럼 자연스럽지는 않지만, 어쨌든 성공이다.

'남은 건 수련인가?'

연후의 건조한 눈에 생기가 떠올랐다.

*　　　*　　　*

단초를 발견할 덕분일까?

연후는 요즘, 천도무극공에 무섭게 집중하고 있었다.

그 집중력은 육도(肉道)의 확장과 개발에도 큰 힘을 발휘했는데, 육도는 근육들이 만들어낸 길을 의미했다.

'육도는 역(力)이 움직이는 길이다!'

근 열흘이나 육도를 관찰한 끝에 얻은 깨달음이었다. 하지만 깨달음만으로는 무공을 펼칠 수 없다.

막힌 혈도를 뚫고 넓히듯이 육도도 개발과 확장이 필요했다.

'마치 아기가 된 기분이군.'

육도를 발견한 지 스무날 남짓, 연후는 걸음마를 떼기 위해 노력하고 있었다. 무공은 걸음마를 떼고 난 다음에야 생각할 문제였다.

얼마 뒤, 얼어붙은 땅이 녹으며 잠룡대전이 시작되었다.

$$* \qquad * \qquad *$$

교두들이 삼엄한 눈으로 지켜보는 가운데 마흔 명의 수련생이 둘씩 짝을 지어 비무를 벌였다.

비무 시간은 일각, 휴식시간은 반각이었다.

혈기왕성한 나이답게 매 비무마다 부상자가 속출했는데, 휴식시간만 되면 혜선각 의원들이 분주하게 움직였다.

골절처럼 큰 부상이 아닌 한 비무는 계속되었다.

연후는 연패행진을 하고 있었는데, 그의 다음 상대는 남궁첨이었다.

남궁첨이 그를 노려보며 엄지로 목을 스윽 그었다. 하지만 연후는 그저 무표정한 얼굴로 바라볼 뿐이다.

반각의 휴식시간이 끝나고 넓은 연무장에 마흔 명의 수련생이 충분히 거리를 벌려 짝을 이뤄 대치하자 남궁철우가 비무 재개를 선포했다.

"지금부터 제25전을 시작하겠다!"

남궁철우의 말이 떨어지기 무섭게 남궁첨이 득달같이 달려들며 목검을 휘둘렀다.

쌔애액!

빠르고 강맹한 공격이었다. 하지만 막거나 피하지 못할 정도는 아니었다.

연후의 눈은 목검의 움직임을 확실히 쫓고 있었다. 목검은 그의 왼쪽 어깨를 노리고 있었다.

'아까 전의 그 동작, 이런 의미였나?'

무대웅을 견지하는 연후의 행동에 대부분의 수련생은 급소를 공격하여 일격에 비무를 끝냈다.

하지만 남궁첨은 그들과는 다른 생각을 가지고 있는 듯했다.

'저질이군!'

단 일격 만에 남궁첨의 의도를 파악한 연후는 미간을 찌푸리며 우측으로 걸음을 옮겼다. 연후의 몸이 흐릿해지며 우측에 나타나자 남궁첨의 검이 뱀처럼 휘어지며 그의 팔을 강타했다.

따악!

뒤이어 어깨와 다리에서 타격음이 울리더니 강한 통증이 연이어 피어올랐다.

휘청거리는 연후의 어깨를 노리고 목검이 떨어졌다.

쌔애액!

연후는 몸을 틀어 남궁첨의 목검에 머리를 들이밀었다. 남궁첨의 눈동자가 살짝 커지더니 이내 목검의 방향이 확 바뀌었다.

퍼억!

옆구리에 작렬하는 충격에 연후의 상체가 숙여졌다. 남궁첨이 그런 연후의 귓가에 작게 속삭였다.

"내 이름이 뭐라고?"

"개… 새끼!"

"큭큭, 넌 역시 재수 없는 놈이야!

남궁첨이 비소를 흘리며 연후의 몸을 밀어낸 뒤, 신명 나게 목검을 휘둘렀다.

퍼퍼퍼퍼퍽!

무자비한 난타였다. 그러나 급소는 교묘히 피해간다.

"간단히 끝낼 거라고는 기대하지 마!"

급소를 맞으면 패배.

하지만 남궁첨의 목적은 단순한 승리에 있지 않았다.

"한 달이나 기다렸는데, 벌써 끝내면 재미없지."

남궁첨은 자신을 모욕한 연후가 울며 빌 때까지 비무를 끝낼 생각이 없었다.

"기대해! 오늘은 시작에 불과하니까. 잠룡대전은 매달 열린다고."

남궁첨의 목검이 연후의 전신을 사정없이 두들겼다.

퍼퍼퍼퍼퍽!

남궁첨이 발하는 잔혹한 폭력성에 비무를 지켜보는 교두들이 눈살을 찌푸렸다. 하지만 그들은 비무를 중단시킬 수 없었다. 규칙도 규칙이지만 연후의 눈은 무지막지한 폭력에도 아직 패배를 인정하지 않고 있었다.

일각이 되기 전에 비무를 끝낸 수련생들이 휴식을 취하며 남궁첨과 연후의 비무를 관전했다.

저러다 죽는 게 아닐까, 하는 생각이 들 정도로 연후의 몰골은 처참했다.

하지만 연후의 새까만 눈동자는 무자비한 폭력 속에서도 강렬히 빛나고 있었고, 그의 육체는 태풍에 휘말린 돛단배처럼 위태위태하면서도 신기할 정도로 용케 버티고 있었다.

남궁첨은 당황했다.

말은 간단히 끝내지 않을 거라고 했지만, 사실 그는 이렇게까지 할 생각은 없었다. 하지만 연후가 굴복을 하지 않으니 그도 멈출 수 없었다.

'이러면 마치 내가 나쁜 놈 같잖아!'

동기들의 수군거림과 교두들의 싸늘한 눈빛. 남궁첨은 입술을 깨물었다.

'오냐, 누가 이기나 어디 한번 해보자!'

뒤틀린 자존심과 오기에 남궁첨이 내력을 더욱 높였다.

퍼퍼퍼퍽!

소나비처럼 쏟아지는 남궁첨의 목검에 연후의 얼굴이 일그러졌다.

반복되는 고통에 내면의 어둠이 분노하고 있었다.

'아, 안 돼!'

연후는 어둠을 억눌렀다.

어둠이 그의 의식을 차지하는 순간, 남궁첨이 죽을 거라는 걸 알기에 연후는 온 정신을 집중하여 어둠을 제어했다. 하지만 반복되는 고통이 자꾸만 어둠을 자극했다.

화아악!

어둠이 발한 엄청난 살기가 남궁첨에게 폭사했다.

순간, 남궁첨이 흠칫했다.

목검을 휘두르던 그 자세 그대로 굳은 남궁첨이 덜덜 몸을 떨었다.

어둠이 발하는 살기는 원초적인 공포. 무공을 익혔다 하나 오로지 그에게만 폭사하는 무자비한 살기를 감당하기에는 남궁첨은 아직 어렸다.

털썩!

다리가 풀리며 남궁첨이 바닥에 주저앉았다.

덕분에 어둠을 제어할 수 있었다. 더 이상의 자극이 없자 어둠도 잠잠해진 것이다.

'죽이지 않아 다행이다!'

안도와 동시에 긴장이 풀리며 현기증이 몰려왔다.

휘청하는 연후.

잊고 있던 고통이 되살아나며 시야가 뿌옇게 흐려졌다. 그런데 어딘가에서 이상한 냄새가 난다.

명멸하는 의식을 간신히 붙잡으며 냄새의 근원지를 확인한 연후가 미간을 찌푸렸다.

냄새의 근원지는 바로 누렇게 변한 남궁첨의 하의.

비무를 끝낸 수련생들이 남궁첨의 누런 하의를 가리키며 수군거렸다.

그 수군거림에 정신을 차린 남궁첨.

엉거주춤하게 일어선 남궁첨이 원독에 찬 눈으로 연후를 노려보았다.

하지만 연후는 이미 의식을 잃은 뒤였다.

*   *   *

'이 내가 기절을 하다니! 최악이다!'

연후는 하루 내내 끙끙 앓았다.

육체의 고통보다 자존심에 입은 상처가 그를 더욱 고통스럽게 만들었다.

하지만 궁상을 떠는 건 딱 하루였다.

그 이상의 궁상은 연후의 자존심이 용납하지 않았다.

식당 안은 시끌벅적했다.

수련생들은 삼삼오오 모여 긴 탁자에 자리를 잡고 식사를 하고 있었다.

자기네들끼리 이야기를 하며 밥을 먹던 수련생들은 식당에 들어서는 연후를 발견하고는 놀란 눈을 하며 수군거렸다.

"몸은 괜찮은가 보네."

"원래 맷집 하나는 대단했잖아."

"정말 다행이야. 난 또 송장 하나 치우는 줄 알았다니까."

식당 곳곳에서 들려오는 수군거림에도 연후는 일절 반응하지 않고 찬모에게 음식들을 받아 빈 탁자로 갔다. 남궁조휘가 앉은 탁자를 지나쳐 구석진 곳으로 가는 연후를 남궁첨의 발이 막았다.

연후가 고개를 돌려 쳐다보자 남궁첨이 비릿한 웃음을 입가에 머금었다.

"어이, 대물! 비루먹은 양물에 물이라도 주려고 왔나?"

"크크큭! 비루먹은 양물이래……."

남궁첨과 같은 자리에 앉아 있던 남궁인이 동조하듯 비아냥거렸다.

연후는 무감정한 얼굴로 툭 내뱉듯 말했다.

"오줌싸개!"

쾅!

남궁첨이 탁자를 내려치며 자리에서 벌떡 일어났다. 그리고 죽일 듯한 눈빛으로 연후를 노려봤다.

"죽고 싶어?"

"그건 내가 할 말이다."

연후의 무감정한 목소리에 살기가 살짝 섞여 들어갔다.

남궁첨은 흠칫했다.

어제 그 살기가 떠올라 몸이 덜덜 떨렸다.

정신에 각인된 원초적인 공포를 잊기에는 하루는 너무 짧은 시간이었다.

연후는 얼굴이 하얗게 질린 남궁첨을 무심히 지나쳐 맨 구석의 빈 탁자에 가 앉았다.

주변의 수군거림과 뒤늦게 정신을 차린 남궁첨의 살기 어린 눈빛에도 연후는 태연히 식사에 집중했다.

*   *   *

한 달이라는 시간이 이렇게 짧았나 싶을 만큼 성큼 시간이 흘러 잠룡대전이 열렸다.

연후는 전과 다름없이 연패를 하고 있었는데, 이제 막 비무를 끝내고 내려온 남궁첨이 먼저 휴식을 취하고 있는 연후를 보며 비릿하게 웃었다.

다음 번 비무에서 연후와 만나기 때문이다.

'부숴 버리겠어!'

오줌싸개라는 치욕적인 별명을 얻은 그날, 남궁첨은 다짐했다.

철저히 망가뜨리기로!

남궁첨은 연후에게 지옥을 보여줄 생각이었다.

반각의 휴식이 끝나고, 연무장 한쪽에서 남궁첨과 연후가 대치했다.

남궁첨이 연후의 귓가에 대고 속삭였다.

"기대해! 차라리 죽고 싶다는 생각이 들도록 해줄 테니."

"그러지 마라. 난 널 죽이기 싫다."

연후는 진심이었다.

남궁첨이 도를 넘는 순간, 어둠이 깨어날 것이다. 어둠은 그를 위협하는 모든 것을 적으로 간주하는 바, 어둠이 적을 대하는 태도는 오직 말살이다.

"지금부터 제십팔전을 시작하겠다!"

남궁철우의 비무재개 선언에 남궁첨이 전력을 다해 목검을 휘둘렀다.

퍼퍼퍼퍼퍽!

전과 동일하게 급소를 제외한 난타였다.

"전에 내가 말했지? 잠룡대전은 매달 열린다고. 기대해. 오늘이 끝이 아니니까!"

남궁첨의 얼굴에 광기가 떠올랐다.

그렇게 무자비한 폭행이 계속되던 어느 순간, 남궁첨의 몸에서 살기가 뿜어져 나왔다.

쐐애액!

연후의 정수리를 노리고 떨어져 내리는 목검.

연후의 직감이 위험을 경고했다. 하지만 무공이 봉쇄당한 현재 그의 능력으로는 남궁첨의 목검을 피할 수 없었다. 그것을 머리가 인지하는 순간, 어둠이 말간 미소를 지었다.

터억!

목검을 한 손으로 잡으며 연후가 말갛게 웃었다. 무저갱처럼 깊은 눈동자가 남궁첨을 직시했다.

"그동안 재밌었지?"

가슴을 옥죄이는 음습한 죽음의 기운에 남궁첨의 얼굴이 하얇게 변했다.

얼굴의 솜털이 모두 곤두서고, 다리가 후들거렸다.

한 달 전에 느꼈던 살기와는 차원이 다른 공포가 그의 육체를 낱낱이 해체했다.

'무, 무서워!'

남궁첨의 얼굴을 뒤덮은 공포의 흔적을 보며 연후가 만족스럽게 웃었다.

"그래서 네가 죽는 거야."

쾅!

연후가 손에 힘을 주자 철심을 박은 목검이 폭발했다.

"으악!"

남궁첨이 얼굴을 감싸며 주저앉았다. 목검의 파편 중 하나가 왼쪽 광대 밑 잇몸을 뚫고서 반대쪽 턱으로 빠져나간 듯 붉은 피가 목을 타고서 황의를 물들이고 있었다.

"호들갑 떨지 마. 그 정도로 죽지 않아."

평소와 달리 연후의 목소리는 온갖 감정으로 넘쳐나고 있었다.

연후가 목검을 들며 흥겹게 말했다.

"하지만 넌 죽을 거야. 넌, 저질이거든."

말이 끝나는 순간, 연후의 목검이 벼락처럼 떨어져 내렸다. 목검은 정확히 남궁첨의 정수리를 노리고 있었다.

그때, 수석 교두 남궁철우가 장내에 뛰어들었다.

쾅!

뇌성이 터진 듯한 굉렬한 폭음!

연후의 목검에 담긴 막강한 검력에 남궁철우의 상체가 출렁이는 파도처럼 크게 흔들렸다.

무릎은 반치쯤 굽혀졌고, 일그러진 얼굴에 시퍼런 혈관이 툭툭 불거져 나왔다.

남궁철우는 경악했다.

비록 전력을 다하지 않았다 하나 일개 수련생에게 밀리다니. 게다가 피부를 저미는 듯한 이 살기는 또 뭐란 말인가!

'이 녀석 진심으로 남궁첨을 죽이려 했다!'

얼굴을 딱딱하게 굳힌 남궁철우가 청룡무상신공을 전력으로 운용했다.

화아악!

청룡무상진기가 맹렬히 혈도를 휘돌자 굽혀졌던 무릎이 반듯하게 펴지고 일그러진 얼굴에 찍혀 있던 패배의 자국이 흔적도 없이 지워졌다.

맞닿은 두 목검이 떨어졌다 다시 부딪치며 굉음을 터뜨렸다.

쾅!

"아악!"

난데없는 비명에 남궁철우가 고개를 홱 돌렸다.

연후의 부러진 목검과 원래 위치를 벗어난 곳에서 꼴사납게 엉덩이를 치켜들고 있는 남궁첨. 그의 엉덩이에 긴 파편이 박혀 있었다. 무릎걸음으로 도망치다 눈 없는 목검의 파편에 횡

액을 당한 것이리라!

'바보 같은 놈! 내 뒤에 있기만 했더라도 이런 일은 일어나지 않았을 것을.'

동정의 여지가 없는 멍청한 짓거리에 화조차 나지 않는다. 그저 조금 안쓰럽고 허탈할 뿐이다. 얼굴에 큼직한 구멍이 난데다 엉덩이에 긴 파편까지 박힌, 그 비참한 모습에 대기하고 있던 의원들이 헐레벌떡 달려오고 있다. 목검 부딪치는 소리들이 줄어들더니 이윽고 동정의 눈빛들이 남궁첨을 향한다.

"계속 막을 거야?"

"뭐어?"

난데없는 연후의 반말에 남궁철우의 얼굴이 벌겋게 변했다.

"아저씨한테 한 말 아니니까 신경 꺼."

계속되는 반말에 결국 남궁철우가 노기를 터뜨렸다.

"네놈이 정녕 미쳤구나!"

잠깐의 침묵 뒤.

제정신을 차린 연후의 입가에서 말간 미소가 지워졌다.

"…죄송합니다."

목검을 쥔 남궁철우의 손이 부들부들 떨렸다.

'이놈이 지금 날 놀리나?'

버릇없이 반말을 틱틱 날리다가 갑자기 정중하게 허리를 숙이는 연후의 모습에 남궁철우는 순간 욱하여 목검을 휘두를 뻔했다. 하지만 그는 잠룡관의 수석 교두였다. 게다가 모두가 지켜보는 자리였다.

여기에서 그가 수련생인 연후와 말싸움을 벌이는 건 제 얼굴에 침 뱉는 일이었다.

　길게 숨을 내뱉으며 흥분을 진정시킨 남궁철우가 굳은 얼굴로 말했다.

　"진정 녀석을 죽일 생각이었느냐?"

　"저는 그저 받은 만큼 돌려줬을 뿐입니다."

　"흐음!"

　남궁철우가 침음을 터뜨렸다.

　남궁첨의 악의적인 폭행을 본 뒤였기에 연후의 마음이 어느 정도 이해는 되었다. 하지만 동기이자 혈족을 죽이려 한 건 용서받을 수 없는 대죄였다.

　연후의 처우에 대하여 한참을 고민하던 남궁철우가 천천히 입을 열었다.

　"너에게 참회동 육 개월 형을 내린다. 만약 이런 일이 또다시 벌어진다면 그땐 엄벌에 처하겠다!"

　연후는 군말 없이 참회동에 갇혔다.

第四章 무외(無畏)

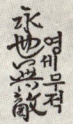

참회동은 동곡의 완만한 절벽을 파내어 만든 일종의 토굴이
었다. 입구를 막고 있는 낡고 녹슨 창살과 좁은 공간, 범인이라
면 하루도 버티기 힘든 환경이었다. 하지만 연후는 참회동이
마음에 들었다.

'아무도 찾아오지 않는 이곳만큼 나에게 편한 곳은 없다!'

연후가 인연을 맺지 않으려고 하는 마음 이면에는 내면의
어둠이 있었다. 포악하고 잔인한, 어떤 의미에서는 천마불사
혈기와 닮은 이 어둠을, 세상은 이해하지도 받아들이지도 않
으리란 것을 연후는 본능적으로 알고 있었다.

이번 일도 마찬가지였다.

만약 남궁철우가 그를 막지 않았다면, 남궁첨은 죽었을 것

이고, 그는 평생을 감옥에서 썩거나 근맥절단과 같은 극형에 처해졌을 것이다.

'그리고 할아버지가 슬퍼하시겠지.'

연후가 한숨을 내쉬었다.

천마불사혈기도 문제였지만, 어둠도 만만치 않았다.

어떻게 그게 가능했는지는 모르나, 어둠은 천마불사혈기를 사용했다. 천뢰금마대법의 금제에도 불구하고 말이다.

짐작하기로 봉인당하지 않은 천마불사혈기가 그의 몸 어딘가에 있는 듯했다. 아니면 어둠이 발휘한 괴력을 설명할 수 없다.

다행인 건 봉인당하지 않은 천마불사혈기의 양이 미약하며 선천지기로 인해 마기의 특성이 많이 중화되었다는 것이다.

'아무튼 조심해야겠어.'

연후는 지그시 눈을 감으며 천도무극공에 집중했다.

밤이 깊어졌다.

＊　　＊　　＊

날이 밝았다.

연후는 전날 밤과 같은 자세로 앉아 있었다. 천도무극공을 수련하다 잠이 들었는지 호흡이 고르게 이어졌다.

쿵쿵!

연후의 콧구멍이 벌렁거렸다.

'고기?'

번쩍 눈을 뜨자 창살 앞에 놓인 탕과 밥, 채소와 돼지고기가 보였다. 공복에 맛난 음식들을 보자 갑자기 식욕이 당겼다.

꿀꺽!

"와아, 너도 사람이긴 했구나! 식욕을 느끼는 걸 보면."

계집애같이 선이 가는 외모의 소년이 눈을 동그랗게 뜨며 감탄했다. 연후의 건조한 눈동자가 흔들렸다.

'기척을 전혀 느끼지 못했다!'

누구보다도 기감이 뛰어난 연후는 십 장 밖의 기척도 느낄 수 있었다 하지만 바닥에 쭈그리고 앉아 커다란 눈망울을 반짝이는 소년과 자신의 거리는 불과 일 장도 되지 않았다.

'둘 중 하나겠지.'

자신이 생각 이상으로 음식에 신경을 빼앗겼든지, 아님 저 곱상하게 생긴 소년이 자신의 기감을 속일 만큼 뛰어난 고수든지.

연후는 후자라고 생각했다.

"너, 정체가 뭐야?"

"나? 나는 무외, 너와 같은 열네 살이야."

무외의 청량하면서도 맑은 울림이 느껴지는 목소리에 연후가 미간을 찌푸렸다.

"내가 묻는 게 그게 아니라는 걸 잘 알 텐데?"

"알아. 하지만 말해줄 수 없어. 우린 아직 친구가 아니니까!"

친구라는 단어가 가슴에 박히며 기분이 확 나빠졌다.

연후가 차갑게 말했다.

"그럼, 나는 평생 네 말을 들을 수 없겠군."

"왜에?"

"너와 나, 친구가 될 일은 절대 없을 테니까!"

무외가 고개를 끄덕였다.

"네 말이 맞아. 아마도 너와 내가 친구가 되는 건 힘들지도 몰라. 우린 남들과는 다르니까."

무외의 의미심장한 말에 연후의 얼굴이 굳어졌다.

"……!"

어둠이 부상하며 연후의 눈동자에 포악한 흉성이 떠올랐다.

무외가 급히 말했다.

"워워, 진정해. 나는 너에 대해 아무것도 모른다고. 하지만 나는 느낄 수 있어. 너와 내가 닮았다는 걸."

어둠이 주춤하고, 무외가 계속 말했다.

"하지만 우린 다르지. 닮음과 동시에 너무나 다른, 그래서 네게 흥미를 느끼고 있어."

"경고하는데, 그 흥미 접어라."

흉성이 가라앉으며 무감정한 눈동자가 무외를 직시했다.

무외가 어깨를 으쓱 올리며 몸을 일으켰다.

"그럼, 난 이만 가볼게."

연후는 경쾌한 걸음으로 멀어져가는 무외의 모습에 미간을 찡그렸다.

'마음에 들지 않아.'

하지만 연후의 뇌리에는 어느새 무외라는 이름이 확실히 각인되어 있었다.

무외는 매 식사시간마다 연후를 찾아와 한참을 떠들다 돌아갔다. 연후는 무시로 일관했지만, 무외는 개의치 않는 듯 수다를 멈추지 않았다.

'뭔 사내놈이 말이 저리 많지?'

끝없이 이어지는 무외의 수다에 연후는 기가 다 질렸다. 하지만 연후는 무외의 수다를 막지 않았다.

무외와 함께 있으면 왠지 가슴이 따뜻해졌기 때문이다.

할아버지와 있을 때처럼.

연후가 참회동에 갇힌 지 보름 정도 되었을 무렵, 무외가 아닌 찬모가 음식들을 가져왔다. 아침, 점심, 저녁 모두 말이다.

'무슨 일이 있나?'

연후는 황급히 고개를 저었다. 하지만 아무리 고개를 내저어도 그의 머리는 자꾸만 무외만 생각했다. 그렇게 하루가 지나고 무외가 음식들을 들고 참회동을 방문했다.

연후는 말없이 무외를 쳐다보았다.

맑고 투명한 피부에 사슴처럼 커다란 눈망울.

부드럽게 솟은 콧등 밑으로 적당히 부풀어 오른 분홍빛 입술과 길고 가는 목.

그리고 유난히 좁은 어깨.

그 고운 얼굴에 연후가 묘한 표정을 지어 보였다.

'무외, 이 녀석이 이렇게 예뻤었나?

남궁무외의 풍성하고 긴 속눈썹과 뭔가를 호소하듯 살짝 벌어진 입술에 연후는 한순간 가슴이 두근거렸다.

'혹시… 여자인 거 아냐?

연후는 고개를 홰홰 저으며 얼굴을 굳혔다.

'말도 안 되는 생각이지, 아암!'

잠룡관 입관조건을 보면, '호적에 이름이 등재된 십 세에서 십이 세의 남아' 라고 분명하게 명시되어 있었기 때문이다.

연후는 가지고 온 음식들을 창살 밑, 좁은 틈으로 넣어주는 무외를 물끄러미 바라보았다.

연후의 시선을 느꼈는지 무외가 갑자기 고개를 들었다.

"내 얼굴에 뭐 묻었어?"

"아, 안 묻었다."

연후는 황급히 고개를 저었다.

자신이 왜 당황하는지도 모를 만큼 그는 당황했다. 얼굴은 괜히 상기되고, 입은 바짝 말랐다.

'내가 왜 이러지?

혼란에 빠진 연후를 이상하다는 듯이 쳐다보던 무외가 음식들을 가리키며 말했다.

"뭔 생각을 그리 골똘히 해? 생각 그만하고 음식 식기 전에 빨리 먹어."

연후는 군말 없이 음식들을 먹기 시작했다.

　　　　　＊　　　＊　　　＊

　인체는 신비의 보고였다.

　팔을 들어 올리고 걸음을 옮기는 이 단순한 동작 안에 얼마
나 많은 근육들과 관절들이 톱니바퀴처럼 맞물려 돌아가는지
예전에는 미처 알지 못했다. 육체가 그려내는 유일의 길인 육
도에 비한다면 내력의 운용 따윈 투박하고 단조로운 놀림에
불과했다.

　'석 달이나 걸렸지.'

　일상에 쓰이는 거의 모든 동작에서 육도를 발견하고, 확장
하는데 걸린 시간이었다. 하지만 일상적인 육도에는 한계가
있었다.

　'더 이상의 확장은 무리야!'

　육도를 확장하기 위해 연후는 무수히 많은 노력을 해봤지
만, 최대 이 할이 한계였다. 그 이상의 선천지기를 육도가 받아
들이지 못하는 것이다.

　'육도가 받아들일 수 있는 선천지기의 양은 근육이 만들어
내는 근력과 비례한다!'

　지난 석 달, 육도를 분석한 끝에 연후가 내린 결론이었다.

　'이제 걸음마는 뗀 건가?'

　직감적으로 그 사실을 깨달은 연후는 곧장 뜀박질을 준비했
다.

그에게 뜀박질은 바로 무공이었다.

인간의 능력을 극한으로 끌어올리는 기예.

무공(武功)!

연후는 협소한 참회동을 빙 둘러본 뒤, 구벽신권을 익히기로 결정했다.

이미 대성에 가깝게 익혔던 구벽신권이었지만, 연후는 그 기억을 머릿속에서 지웠다. 딱 하나, 초식의 형만 남기고 말이다.

연후는 내력을 일으키지 않은 채 구벽신권의 아홉 초식을 펼쳐 나갔다.

파파파팟!

뭔가 밋밋한 주먹질이었다. 하지만 연후는 만족했다. 내관을 통해 본 구벽신권의 육도는 아직 확장을 하지 않았음에도 불구하고 그의 선천지기를 족히 삼 할이나 받아들일 수 있을 만큼 넓었다.

물론 단순히 팔을 들어 올리는 동작보다 수십 배나 복잡한 형태를 이루고 있지만, 연후의 머리는 그 모든 것을 하나도 놓치지 않고 기억했다.

잠시 눈을 감고서 구벽신권이 만들어내는 스물일곱 개의 육도를 머릿속에 되새긴 연후가 주먹을 내질렀다.

파앙!

전과는 확연히 다른 위력의 주먹이 대기를 강타했다. 뒤이어 구벽의 단단한 주먹이 참회동의 좁은 공간을 유린했다.

파파파파팡!

구벽의 신권을 모두 쏟아냈음에도 연후의 주먹은 멈추지 않았다.

지난 몇 개월, 무공을 펼칠 수 없었던 울분을 토해내듯 연후는 쉬지 않고 구벽신권을 펼쳤다.

파파파파팡!

연후가 정신을 차렸을 때는 하늘이 어둡게 물든 깊은 밤이었다. 무외가 왔다갔는지 입구 근처에 다 식은 음식들이 있었다.

연후는 구벽신권의 스물일곱 개의 육도를 빠르게 확장해 나갔다.

육도를 확장하는 방법은 간단했다.

육도가 받아들일 수 있는 한계선까지 선천지기를 계속 밀어넣다 보면 어느 순간 육도가 조금씩 넓어진다.

지루한 반복 작업이나, 연후는 천도무극공의 수련조차 잊을 만큼 육도의 확장에 몰입했다.

그리고 열흘 뒤, 육도의 확장이 멈추었다.

                    *   *   *

'고작 오 할인가?'

구벽신권의 육도는 오 할이 한계였다.

진정 육도의 한계인지, 아님 그가 모르는 뭔가가 더 있는 것인지.

연후로서는 판단을 내리기 힘들었다.

연후의 직감은 이 길이 틀리지 않았다고, 그가 모르는 뭔가가 더 있을 거라고 말하는데, 도무지 확신이 들지 않는다.

'너무 막연해!'

원래의 연후 성격이라면 길이 보이지 않는 순간, 미련 없이 포기했을 것이다. 어차피 천뢰금마대법의 반발은 천도무극공이 경지에 오르면 자연히 해결될 터!

그러니 여기선 육도를 포기하는 게 현명하다. 백월에 오르기 전보다 못한 경지가 한계라면 구태여 심력을 쏟을 이유가 없다. 하지만 연후는 여전히 망설이고 있었다. 그놈의 막연한 직감 때문이다.

"뭐가 잘 안 돼?"

골똘히 생각에 잠겨 있던 연후가 고개를 들어 무외를 쳐다보았다.

"지금 날 걱정해 주는 거냐?"

"그건 왜? 혹시 내가 네 걱정하는 게 싫어서 그래?"

"……."

연후는 혼란스러웠다. 무외만 만나면 도통 냉정을 유지하는 게 힘들었다. 왜일까? 자신 역시 무외에게서 어떤 동질감을 느끼고 있는 걸까?

"모르겠으면 그냥 좋아해. 좋다 좋다 하면 싫은 것도 좋아지거든."

"네 경험이냐?"

"아니. 내 바람이야."

무외의 처연한 미소에 공기가 숙연해졌다. 하지만 그도 잠시, 무외가 밝게 웃자 숙연해졌던 공기가 순식간에 온화하게 변했다.

"이제 괜찮냐?"

"설마 지금 내 걱정해 주는 거야?"

"…아니."

괜히 민망해 무심한 말투 속에 진심을 감추는 연후.

그러나 무외에게는 통하지 않았다.

"헤헤, 고마워!"

무외가 귀엽게 웃으며 품에서 뭔가를 꺼내 흔들었다. 긴 막대 형태의 그것은 바로 참회동의 열쇠였다.

"그동안 많이 답답했지?"

무외가 말을 하며 창살문을 열었다. 하지만 연후는 밖으로 나가지 않았다.

"훔친 거냐?"

"글쎄?"

"그렇군."

"어라, 그게 다야? 더 안 물어봐?"

"더 물어볼 필요가 없으니까. 아마 열쇠는 네가 아는 어떤 높은 사람이 훔쳤을 것이다."

"…어떻게 알았어?"

"네가 이 자리에 있다는 게 그 증거지. 그리고 음식배달이 결정적이었다."

"아!"

무외가 탄성을 터뜨렸다.

연후의 말인즉, 한낱 수련생이 참회동에 있다는 것 자체가 높은 직책을 가진 누군가의 허락이 없고는 불가능하다는 것이다.

물론 교두들의 눈을 피해 몰래 참회동에 올 수도 있겠지만, 그 가능성은 무외의 음식배달에 무너졌다.

찬모도 있는데 굳이 수련생인 무외가 음식배달을 맡은 것이야말로 높은 지위를 가진 누군가의 개입을 의미했다.

'총교두 아니면 수석 교두겠지.'

연후는 둘 중 총교두 남궁훈 쪽에 마음이 기울었지만, 그 생각을 입 밖으로 내뱉지는 않았다.

연후가 몸을 일으켜 참회동을 걸어 나왔다.

참회동에서 와룡각 방향으로 이십여 장쯤 걸어 들어가면 빽빽한 수목에 둘러싸인 일월지가 모습을 드러낸다.

"아름답지? 하지만 내가 일월지를 찾는 건 아름다워서가 아니야."

무외의 얼굴에 씁쓸함이 떠올랐다.

"그런 표정으로 볼 것 없어. 난 괜찮으니까."

'내가 또?'

무외의 말을 듣고 나서야 자각했다.

자신의 눈빛과 표정을 나약하게 만든 걱정이라는 감정을!

그것을 자각하는 순간, 연후의 얼굴이 거북이 등짝처럼 딱딱하게 굳어졌다. 누군가를 걱정한다는 게 아직은 어색하고 민망한 연후였다.

무외가 말했다.

"전에 네가 물었지? 내 정체가 뭐냐고. 우린 아직 친구는 아니지만…… 아까 전에 날 걱정해 준 보답으로 가르쳐 줄게, 내 비밀 중 하나를!"

순간, 새까만 눈동자에 광포한 붉은 빛이 피어오르더니 무외의 기세가 일변했다.

화아아악!

폭발하듯 밀려오는 열기!

지옥의 겁화처럼 뜨겁고 강렬한 기운이 무외의 전신을 둘러싸더니, 그 붉은 기운이 핏빛처럼 진하게 짙어지는 순간,

화악!

극염의 날개를 펼치며 무섭게 뻗어 나갔다.

"으음!"

연후의 입에서 신음이 흘러나왔다.

그만큼 날개처럼 펼쳐진 저 붉은 기운은 위험했다. 본능이 위기를 감지하자 하문의 선천지기가 요동쳤다.

'강할 거라고는 생각했지만, 이 정도일 줄이야!'

연후의 살짝 굳은 눈빛에 무외가 쓰게 웃으며 입을 열었다.

그때, 무외의 귀에 다급한 전음성이 들려왔다.

[소공, 안 됩니다!]

무외가 천천히 고개를 돌렸다.

아름드리나무 꼭대기에서 총교두 남궁훈이 고개를 젓고 있었다.

무외도 고개를 저었다.

"적무외! 내가 가진 비밀이야."

[소공!]

남궁훈이 다급히 전음을 보내며 몸을 날리려고 하자 무외의 눈에 광포한 붉은 빛이 번뜩였다.

[적룡대주 마륭!]

항거할 수 없는 위엄이 남궁훈을 짓눌렀다.

[하명하십시오, 소공!]

[한 번만 더 내 일에 간섭하면 궁으로 돌려보내겠어요.]

[하오나······.]

[무얼 걱정하는지 알고 있어요. 하지만 여기까지예요. 내 입으로 말할 수 있는 건.]

[알겠습니다, 소공.]

[마륭!]

[말씀하십시오, 소공.]

[아무도 이곳으로 오지 못하도록 밖을 지키세요!]

[명(命), 따르겠습니다.]

남궁훈의 기척이 멀어지자 무외가 기운을 회수하며 연후를 바라보았다.

"많이 놀랐지?"

"짐작했던 것보다 강하기는 하더군. 하지만 그뿐이다."

연후의 무덤덤한 대답에 무외가 환하게 웃었다.

닮으면서도 다른, 그래서 이해해 줄 거라고 믿으면서도 마음 한편에는 혹시나 하는 불안감이 있었다.

하지만 무외의 걱정은 기우로 판명되었다.

*   *   *

무외의 강요 아닌 강요에 연후는 요즘 대부분의 시간을 일월지에서 보내고 있었다.

일월지 주변의 편평한 바위에 앉아 천도무극공을 수련하고 있던 연후가 대기의 격렬한 파동에 눈을 떴다.

크고 오래된 나무들이 만든 긴 그림자 속에서 무외가 천천히 목검을 휘두르고 있었다.

'저 검은······!'

보는 이가 숨이 넘어갈 정도로 답답하고 느린 목검.

둔검식이었다.

연후는 할아버지의 말을 떠올렸다.

"둔검식의 요체는 정중동(靜中動)과 면면부절(綿綿不絶)에 있다. 움직이지 않듯 천천히, 그러나 그 흐름은 끊어지지 않으니, 고요한 가운데 격렬함이 머무른다."

'면면부절이라.'
영감이 벼락같이 뇌리를 관통했다.
연후는 즉각 행동했다.
뛰어내리듯 바위에서 내려온 연후가 구벽신권을 펼치기 시작했다.
원래보다 족히 열 배는 느린 주먹, 둔권식이었다.
연후는 둔권식을 펼치는 한편, 내관으로 육도의 선천지기를 관조했다.
'역시!'
연후의 예상대로였다. 그의 구벽신권은 면면부절을 이루지 못하고 있었다.
'원인을 알았으니 이제 일보 전진할 일만 남았는가?'
연후의 눈에 강한 자신감이 떠올랐다.

일반적으로 둔검식을 수련할 때 감속의 기준은 반 배다. 그 이상으로 속도를 줄였다가는 형이 무너지고 만다.
그런데 연후는 처음부터 열 배나 감속했다. 놀라운 건 그러고도 형이 무너지지 않는다는 것이다.
'몸과 기를 놀라우리만큼 완벽하게 통제하고 있어!'
무외는 경악했다.

궁에서 천재라는 족속들을 여럿 봐왔지만, 연후처럼 몸과 기를 완벽하게 통제하는 이는 보지 못했다.

'통제력만큼은 나를 능가해.'

하지만 거기까지였다.

통제력이 너무 뛰어나다보니 정작 중요한 것을 놓치고 있다. 연후도 그걸 느꼈는지 몸을 멈추고 골똘히 생각에 잠긴다.

'말해줘야 하나?'

무외는 고개를 저었다.

자신이 아는 연후라면 빠르든 늦든 분명 해답을 찾을 것이다.

무외는 연후의 능력을 믿었다.

연후는 둔권식을 펼치며 한 가지 놀라운 사실을 알게 되었다. 감속을 늘리면 전보다 명확하고 정밀한 세상이 펼쳐진다는 것을.

열 배의 감속으로 문제를 파악한 연후는 놀라운 통제력으로 단절된 부분들을 수정했다.

그 뒤, 열두 배를 감속하여 육도와 선천지기를 관조했다.

결과는 실패였다.

전과 마찬가지로 면면부절은커녕 균열이 한가득이었다.

연후는 실망을 억누르고 다시 수정했다. 그리고 열네 배를 감속하여 확인했는데, 역시나 곳곳이 단절되어 있었다.

'결국 이런 식이라면 면면부절은 불가능하다!'

열네 배의 감속을 완벽하게 수정한다고 하더라도 열여섯 배를 감속한 눈으로 보면 분명 균열이 보일 것이다.

'이렇게 무한히 감속하다 보면 언젠가는 면면부절을 이루게 될 지도 모르지만 결과적으로 둔검식에서 말하는 면면부절과는 다른 형태의 흐름을 보일 것이다.'

연후는 자신의 방법이 잘못되었음을 인정했다. 통제와 수정으로는 면면부절을 이룰 수 없다는 것을 그는 깨달았다.

'할아버지는 둔검식을 설명하시며 움직이지 않듯 천천히, 그러나 그 흐름은 끊어지지 않으니, 고요한 가운데 격렬함이 머무른다, 라고 말씀하셨어.'

연후는 곁가지들을 쳐냈다. 그러자 '그 흐름은 끊어지지 않으니' 라는 구절만 남았다.

연후는 생각했다.

어떻게 하면 그 흐름이 끊어지지 않을 수 있을까?

통제와 수정이 불가능하다면 다른 무엇이 그것을 가능하게 할 수 있을까?

'무위?'

난데없이 튀어나온 단어였다.

할아버지가 입버릇처럼 말씀하시던 무위!

무위는 흐르는 강물과도 같다던 할아버지의 말씀이 뇌리에 울려 퍼졌다.

'흐르는 강물을 통제하려고 한 바보가 바로 여기 있구나!'

어리석고 오만했다.

통제라는 인위로 무위를 이루려고 하다니. 하지만 이제라도 깨달았으니 다행이라고 생각한다.

'이게 모두 할아버지 덕분이에요!'

연후는 먼 곳에서 지켜보고 있을 할아버지를 생각하며 주먹을 움켜쥐었다.

'무위는 흐르는 강물처럼!'

연후의 주먹이 천천히 바람을 밀어냈다.

후우우웅!

그의 주먹은 움직이지 않듯 천천히, 그러나 그 흐름은 끊어지지 않고 이어져 고요함 속에 격렬함이 휘몰아쳤다.

연이어 세 번이나 둔권식을 펼친 연후가 살짝 상기된 얼굴로 주먹을 멈췄다.

'역시 내 예상이 맞았어!'

무위라는 다소 추상적인 개념에도 연후가 즉각 행동에 옮길 수 있었던 이면에는 육도에 이미 근력이라는 강물이 존재하고 있었기 때문이다.

덕분에 연후는 근력이 발생하는 첫 지점에 육도가 받아들일 수 있는 선천지기를 떨어뜨리기만 하면 되었다.

그리고 그 흐름에 동승한 선천지기가 육도를 질주했으며, 그의 둔권식이 면면부절을 이루었다.

연후는 잠시 호흡을 고른 뒤, 감속 없이 구벽신권을 펼쳤다.

단단하고 호쾌한 권격이 허공을 거침없이 난타했다.

육도가 받아들이는 선천지기의 양은 전과 마찬가지로 여전히 오 할에 불과했지만, 그 위력은 전보다 족히 두 배는 강해졌다.

연후는 뭐에 홀린 사람처럼 구벽신권을 펼쳤다. 그렇게 한참 동안 구벽신권을 펼치던 연후가 돌연 주먹을 멈췄다.

'뭐지, 이 위화감은?'

구벽신권을 반복하여 펼치던 어느 순간, 불쾌한 위화감을 느꼈다. 뭔지는 모르지만, 뭔가가 어긋난 듯한 느낌에 도저히 구벽신권을 펼칠 수 없었다.

'분명 흐름에는 아무 문제없어. 그렇다면 다른 원인이 있다는 말인데……'

연후는 그 자리에서 이틀밤낮을 꼬박 고민했다.

'뭐가 원인일까?'

연후는 위화감의 정체를 알아내기 위해 무공과 관련된 모든 기억을 점검하고 분석했다. 하지만 그의 기억 어디에도 위화감의 원인으로 짐작되는 건 없었다.

꾸벅!

깜빡 잠이 들었다.

꿈속에서 연후는 할아버지에게 천도무극공을 배우고 있었다.

"할아버지, 왜 이렇게 숨을 어렵게 쉬어요?"

"허허, 조금 어렵지? 하지만 몸이 원하는 대로 숨을 쉬어주지 않으면 몸이 화를 낸단다. 그러니 힘들어도 몸이 원하는 대로 숨을 쉬어주자꾸나."

연후가 퍼뜩 정신을 차렸다. 그리고 그는 나직하지만 확신에 찬 목소리로 중얼거렸다.

"몸이 원하는 호흡! 위화감의 정체는 바로 이거였어!"

무외는 편평한 바위에 걸터앉아 두 손으로 턱을 괴었다. 이틀 밤낮을 꼬박 고민한 연후의 두 눈은 심연처럼 깊고 아득했다.

외조부의 방에서 본 최상품 남만 흑진주도 그의 눈동자보다는 아름답지 못했다.

무외의 내면에 강한 소유욕이 들불처럼 일어났다.

태어나 지금까지 그 무엇도 소유할 수 없었던 무외는 이번에도 마찬가지로 허락되지 않은 욕구를 억눌렀다. 하지만 이 시커먼 불꽃은 지금까지와 달리 누르면 누를수록 더욱 크게 일어나 그의 마음을 거세게 흔들었다.

빗방울이 뚝뚝 떨어졌다.

나뭇잎 위를 또르르 구르다 휘청 떨어진 빗방울이 이마에 부딪치며 밑으로 흘러내렸다. 무외는 퍼뜩 정신을 차리고는 주변을 두리번거렸다.

밝아오는 하늘 아래 연후가 한 폭의 그림처럼 구벽신권의 기수식을 취하고 있었다. 굵어지는 빗방울을 맞으며 그는 한참 동안이나 그 자세 그대로 서 있었다.

무외는 바위에서 내려와 그에게 다가갔다. 하지만 연후의 시선은 주먹 끝에 고정되어 있었다.

아니다.

연후의 두 눈은 주먹이 아닌 좀 더 근원적인 뭔가를 응시하고 있었다.

'뭔가가 일어나려고 하고 있어!'

직감이 발하는 음성.

무외의 꽉 쥔 주먹에 힘이 들어갔다.

그때, 연후의 깊어진 두 눈에 영롱한 오색광채가 스며들더니, 길게 내뱉는 숨이 적셔진 대기에 넓게 퍼졌다. 그리고 연후가 힘차게 발을 굴렀다.

쿵!

진각에 강하게 일어나는 대지의 반발력.

하문의 모든 선천지기가 깨어나 증폭하여 근력의 발원지에 녹아든다.

순간, 호흡이 멈추었다.

파열할 듯 비정상적으로 팽창하는 근육과 문을 활짝 여는 육도.

짧게 숨을 들이마시자,

순식간에 육도를 질주하여 힘의 정점에 도달한 선천지기가 화려하게 폭발했다.

파아아앙!

대기를 찢어발기는 호쾌한 권격.

전신 구석구석으로 퍼지는 그 강렬한 전율에 연후가 부르르 몸을 떨었다.

       *   *   *

　염천성궁(炎天聖宮)의 궁주 적월산은 태사의에 나른하게 앉아 총군사 장하일의 보고를 듣고 있었다.

　한참이나 이어지던 보고가 마침내 끝이 나자 적월산이 몸을 일으키며 물었다.

　"무외는 잘 지내고 있다던가?"

　"소공께서는 건강히 잘 지내고 있다고 하십니다."

　내심을 알 수 없는 얼굴로 고개를 끄덕이는 적월산을 보며 장하일이 조심스런 어조로 말했다.

　"그런데 언제까지 소공을 그곳에 두실 생각이신지……."

　"왜 무외를 남궁가에 빼앗기기라도 할까 봐 걱정되나?"

　적월산이 피식 웃으며 장하일에게 다가왔다.

　"장 군사는 다 좋은데, 걱정이 너무 많은 게 탈이야. 뭘 그리 걱정하나? 자네는 설마 남궁가 따위가 축융의 화신인 무외를 감당할 수 있다고 생각하나?"

　광오한 말이었다.

　팔대세가의 수위를 넘보는 남궁세가이나, 장하일은 그의 말에 어떤 반박도 할 수 없었다.

　다른 누구도 아닌 염제(炎帝) 적월산의 말이기 때문이다.

　또한 장하일은 알고 있었다. 무외가 익히고 있는 무공이 어떤 것인지를.

축융재림(祝融再臨) 불패무적(不敗無敵)!

운남의 패자 염천성궁의 개파조사이며, 고금을 통틀어 가장 강할 거라고 평가 받는 열 명의 무인 중 하나인 염천무존(炎天武尊) 적공의 패능!

파멸의 염익(焰翼)을 전신에 두르고, 군림의 작보(炸步)를 내딛는 그 중심에는 남방무맥의 원류인 축융파멸강이 있었다.

천하오절(天下五絶)의 일인인 염제 적월산조차도 인연이 닿지 못해 익힐 수 없었던 천고의 절학.

천명(天命)이 무외에게 내려졌음을 확인했으니, 적월산은 믿고 기다릴 뿐이었다.

어미가 죽은 그날, 이름을 버린 그 아이를.

第五章 출옥（出獄）

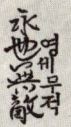

연후가 느낀 위화감의 정체는 바로 호흡이었다.

육도와 혈도는 교차하는 부분 없이 전혀 다른 길을 이루고 있음에도 그는 전과 마찬가지로 혈도에 구각일선기를 운용할 때와 같은 호흡으로 구벽신권을 펼치고 있었던 것이다.

파탄이 일어나는 게 당연했다.

무공의 근간인 호흡이 틀어졌는데, 몸이 바로 서고, 기가 호응할 리가 없다.

'누가 뭐래도 무공에서 가장 중요한 것은 바로 호흡이다!'

연후는 몸의 음성에 귀를 기울였다.

몸이 원하는 호흡을, 몸이 발하는 울림을 쫓아 의식을 침잠시켰다. 그리고 연후는 육도의 저 깊은 밑바닥에서 울려 퍼지는 몸의 음성을 들었다.

체음(體音)이었다.

연후가 체음을 따라 호흡하자 하문의 선천지기가 증폭하는 한편, 육도가 한계를 깨며 확장했다.

그리고 반나절 정도 구벽신권을 펼치자 육도가 육체에 각인되었다.

연후는 깜짝 놀랐다.

육체에 각인된 육도는 더 이상 모습을 감추지 않고 있었다.

연이어 융기하는 근육들의 팽창에 맞춰 열렸다 닫히기를 반복하던 육도는 더 이상 신기루가 아닌 그 자리, 그곳에 항상 존재했다.

구벽신권의 육도들을 모두 몸에 각인시킨 순간, 상체와 하체에 각인된 육도들이 거대한 흐름을 이루었다.

마치 원처럼.

연후는 거대한 흐름을 형성하는 스물일곱 개의 육도에 경악했다. 스물일곱 개의 육도는 마치 십이정경과 기경팔맥과 같은 역할을 하고 있었다.

연후는 스물일곱 개의 육도의 근간이 되는 큰 대로들을 따로 뽑아내어 대맥(大脈)이라고 명명했다. 그리고 대맥에서 파생된 육도들을 소맥(小脈)이라고 부르며 명칭을 정리했다.

단지 명칭을 정리했을 뿐인데 기분이 묘했다.

마치 자신이 무학의 대종사라도 된 듯한 기분이었다.

구벽신권과 연원보를 통해 각인된 대맥들과 소맥들이 꽈리처럼 엮어지며 거대한 흐름에 녹아든다.

여기에 낙운장, 삼합지, 한령신조, 풍비각, 천리신행의 대맥들과 소맥들이 촘촘하게 엮어지자 하문이라는 심장에서 육도라는 혈관이 전신 구석구석으로 뻗어 나갔다.

출옥을 한 달 남짓 남겨둔 어느 날, 연후가 무외에게 말했다.

"목검이 필요하다."

"와아, 너도 역시 사람이었구나. 부탁이란 것도 할 줄 알고."

무외의 감탄 섞인 농에 연후의 미간이 찌푸려졌다.

"부탁이 아니다!"

"그래에?"

무외가 헤실 웃으며 말끝을 살짝 올렸다. 그 얄미운 모습에 연후가 발끈했다.

"그냥 혼잣말이니, 신경 꺼라!"

그날 저녁,

연후는 무외가 가져둔 준 목검으로 창궁십이검과 묵암팔검을 수련하기 시작했다.

단단한 형을 벗겨내어 별빛처럼 찬란한 본령을 육체에 구현해낸 그만의 은검구무.

출옥을 하루 앞둔 연후의 육체에는 하문을 중심으로 엮어진

십팔 대맥과 이백오십육 소맥이 거대한 흐름 속에 녹아 강물처럼 도도히 흐르고 있었다.

선천지기는 몸속의 혈관처럼 복잡하게 얽혀 있는 대맥들과 소맥들을 쉼없이 휘돌았는데, 마치 그 움직임이 내력의 운기와 비슷했다. 하지만 선천의 유동과 내력의 운용법 사이에는 근본적인 차이가 존재했다.

육도와 체음.

머물고 흐름에 일체의 인위가 없는 천도였다.

무공의 껍질에서 얻은 본령!

나만의 무(武)였다.

'할아버지가 열어주신 이 길을 나는 끝까지 걸어가겠다!'

구월 초하루,

육 개월을 모두 채운 연후가 참회동에서 나왔다.

*   *   *

"모두 집합!"

남궁철우의 외침에 수련생들이 일사불란하게 연무장으로 움직였다. 무외와 함께 정렬한 연후에게 남궁철우가 다가왔다.

"원하지 않는다면 이번 잠룡대전은 쉬어도 된다."

육 개월이나 갇혀 있던 참회동에서 출옥한 지 이제 고작 반 시진이다. 비무를 할 몸 상태가 아닐 거라고 남궁철우는 판단했다.

하지만 단지 그 이유뿐일까?

연후를 응시하는 남궁철우의 눈에 긴장이 떠올라 있었다.

연후의 말간 웃음과는 너무나 대조적인, 한 마리 포악한 맹수를 남궁철우는 잊지 않고 있었다.

"저는 괜찮습니다."

연후의 건조한 대답에 남궁철우가 잠시 그를 응시하다 몸을 돌렸다. 남궁철우가 단상으로 돌아가자 무외가 주먹을 흔들며 귀엽게 말했다.

"모두 조져 버려, 알았지?"

"너도?"

"에이, 나는 봐줘야지. 난 연약하잖아."

무외의 자못 당당한 발언에 연후의 입가가 실룩였다. 무외의 실체를 본 그는 재미없는 농담이라고 생각했다.

육체가 구현하는 천도 덕분에 입마를 극복하고 과거의 무력을 회복한 연후였지만, 무외를 이기는 건 아직 무리였다.

'일 년의 공백이 없었다면 어땠을까?'

연후는 고개를 저었다.

의미 없는 가정에, 쓸데없는 호승심이었다.

연후가 고개를 돌려 분주하게 움직이고 있는 다섯 교두를 쳐다보았다.

얼마 뒤, 한 교두가 다가와 연후에게 비무상대를 알려주었다. 연후의 첫 비무상대는 남궁인이라는 소년이었다.

단단한 체구에 꽤 영준하게 생긴 남궁인은 수련생 중에서도 상위권에 드는 실력자였다.

'첨아, 네 복수는 내가 해줄게!'

연후를 노려보는 남궁인의 얼굴에 굳은 결의가 떠올랐다.

참회동에 갇히기 전 두 번의 잠룡대전에서 전패를 기록한 연후였지만, 남궁인은 방심하지 않았다.

남궁첨의 처참한 최후를 기억하기 때문이다.

'당시 연후가 일부러 전패를 당한 거라는 소문이 한동안 수련생들 사이에서 떠돌았었지.'

남궁인은 그 소문이 진실이라고 생각했다.

'하지만 승리는 내 것이다!'

연후가 참회동에 갇혀 있던 기간이 무려 육 개월이다.

기껏해야 내공연련밖에 할 수 없는 연후에 비해 자신은 내공은 물론 검술에서도 큰 발전을 이뤘다.

'충분히 해볼 만해!'

남궁인의 눈에 강한 자신감이 떠올랐다.

과거의 무위를 회복한 연후가 얼마나 강한지 모르기에 가질 수 있는 자신감이었다.

"지금부터 잠룡대전을 시작하겠다!"

남궁훈의 선언에 남궁인이 묵암팔검의 기수식을 취했다. 연후는 목검을 바닥에 늘어뜨리고 있었다.

"타앗!"

남궁인은 방심하지 않고 전력으로 묵암팔검을 펼쳤다.

파앙!

풍압에 연후의 머리카락이 흩날렸다.

연후는 남궁인의 목검이 지척에 이를 때까지 움직이지 않았
다.

'이겼다!'

남궁인이 승리를 확신하는 그때, 연후의 몸이 소리 없이 움
직였다. 목검이 어깨 밖으로 흐르고, 일보를 전진한 연후의 목
검에서 섬광이 터졌다.

"허억!"

남궁인이 깜짝 놀라 목검을 회수하며 연원보를 밟았다.

분주하게 발을 놀리며 방향을 전환하는 남궁인. 한줄기 바
람이 측면에서 쇄도하여 목검을 내질렀다.

남궁인이 황급히 목검을 세워 막았다. 하지만 한발 늦었다.
어느새 연후의 목검이 그의 목을 찔렀다.

"커헉!"

남궁인이 목을 부여잡으며 고꾸라졌다. 경련하는 남궁인의
입에서는 거품이 흘러나오고 있었으며, 동공은 이미 풀려 있
었다.

'당한 대로 돌려줄 뿐!'

연후는 속으로 중얼거리며 연무장을 내려왔다.

은원(恩怨)이 분명한 연후였다.

잠룡관에서도 열손가락 안에 드는 남궁인을 가볍게 격파한 연후의 무력에 수련생들은 깜짝 놀랐다.

　한쪽에서는 역시나 실력을 감추고 있었던 거라며 고개를 끄덕였고, 또 한쪽에서는 남궁인의 방심을 탓하며 연후의 승리를 우연으로 폄하하는 수련생들도 있었다.

　이렇듯 모두의 관심과 의심 속에 연후의 다음 비무가 시작되었다.

　연후는 압도적인 실력으로 연승행진을 이어 나갔다.

　'남궁대강이라고 했던가? 꽤 강했었어.'

　연후는 나무 그늘에 앉아 방금 전까지 비무했던 남궁대강을 떠올렸다.

　열다섯이라는 나이답지 않은 노숙한 얼굴과 곰처럼 떡 벌어진 어깨를 지닌 남궁대강에게 연후는 무려 십육 초나 펼친 끝에 승리를 얻을 수 있었다. 열아홉 번의 비무를 하는 동안 세 번 이상 목검을 휘두른 적이 없던 연후에게는 나름 충격적인 일이었다.

　연후가 남궁대강과의 비무를 복기하고 있을 때, 무외가 비무를 끝마치고 연무장을 내려왔다.

　"아이구, 힘들어!"

　무외가 한껏 엄살을 부리며 옆에 앉자 연후가 무표정한 얼굴로 말했다.

　"힘들어하는 걸 보니 또 졌나 보군."

오늘 무외의 전적은 십구 전 구 승 십 패.

딱 중간이었다.

무외의 실력을 잘 아는 연후였기에 일부러 지는 무외가 썩 마음에 들지는 않았다.

연후의 이런 마음을 느꼈는지 무외가 장난스럽게 말했다.

"왜, 내가 지니까 마음 아파?"

"헛소리 마라!"

당황했는지 무표정이 깨지며 연후의 목소리가 높아졌다. 무외가 키득 웃으며 화제를 돌렸다.

"다음 상대는 그놈이지?"

남궁첨.

연후를 참회동에게 갇히게 만든 원흉이다.

"어떻게 할 거야?"

"특별히 다를 건 없다. 나는 당한 대로 돌려줄 뿐이다."

연후의 목소리에 강한 의지가 묻어났다.

반각의 휴식이 끝나고, 수련생들이 연무장에 둘씩 짝을 지어 정렬했다.

남궁첨은 연후가 두려운 듯 고개를 푹 숙이고 있었는데, 윗몸 위와 턱 밑에 큰 흉터가 남아 있었다.

남궁첨의 얼굴과 엉덩이 쪽을 무심히 쳐다보던 연후가 건조한 음성으로 말했다.

"두 대는 제해주지."

"응?"

연후의 뜬금없는 말에 남궁첨이 고개를 들었다.

"이제 백스물일곱 대 남았다."

"배, 백스물일곱 대라니. 그게 무슨 말이야?"

불현듯 떠오르는 뭔가에 얼굴과 엉덩이의 흉터가 욱신거렸다. 얼굴이 하얗게 질리며, 다리가 후들거렸다.

"하하, 농담이지?"

연후는 대답 대신 창궁십이검의 기수식을 취했다.

"피도 눈물도 없는 개자식!"

부들부들 떨던 남궁첨이 돌연 고개를 번쩍 들며 악에 받친 소리를 내뱉었다. 두려움이 극에 다다르자 분노가 일어난 것이다.

"뭐라고 말해도 좋다. 나는 당한 대로 돌려줄 뿐!"

"개자식! 어디 한번 돌려줘 봐라!"

피이잉!

남궁첨이 고함을 지르며 목검을 내질렀다.

창궁십이검의 창궁일섬이었다.

파팟!

어깨를 살짝 틀어 찌르기를 피한 연후가 연원보를 밟으며 가볍게 목검을 휘둘렀다.

퍼억!

목검은 정확히 남궁첨의 옆구리를 강타했다. 남궁첨이 신음을 터뜨리며 휘청거렸다.

"커헉!"

연후가 그런 남궁첨을 무심히 내려다보았다.

"이제 백스물여섯 대 남았다."

말이 끝나기 무섭게 연후의 목검이 움직였다.

퍼퍼퍼퍼퍼퍽!

폭풍처럼 몰아치는 연후의 목검에 남궁첨은 정신을 차릴 수
없었다.

나름 힘 조절을 하는지 뼈는 부러지진 않았지만, 고통은 전
보다 몇 배나 극심했다. 특히 맞은데 또 맞을 때의 고통이란,
그야말로 공포스러운 것이었다.

지금 이 순간, 남궁첨은 연후의 수련용 목각인형이었다.

공격은 생각도 할 수 없었다.

그에게는 방어는 물론 피하는 것조차 허락되지 않았다.

연후의 목검에 두들겨 맞을 때마다 그는 태풍에 휩쓸린 조
각배처럼 위태롭게 흔들릴 뿐이었다.

"…으으……. 그, 그만!"

남궁첨의 애처로운 외침에 연후가 목검을 멈췄다.

혹시 하는 기대감에 남궁첨은 퉁퉁 부운 얼굴을 억지로 움
직여 최대한 불쌍한 표정을 지었다.

하지만,

"얼마 남지 않았다. 이제 예순아홉 대밖에 남지 않았다."

연후의 의지는 확고했다.

"개새끼!"

남궁첨이 분노의 외침을 터뜨리며 달려들었다.

퍼퍼퍼퍼퍼퍽!

몇 대 맞다 보니 분노가 빠르게 사그라지며 정신이 번쩍 들었다.

'저, 저놈은 날 때려죽일 생각인 거야!'

남궁첨은 생명의 위협을 느꼈다.

막연하기만 하던 죽음이, 감당할 수 없는 고통에 실제적인 공포로 다가오자 남궁첨은 자존심이고 뭐고 바닥에 납작 엎드렸다.

"내, 내가 다 잘못했어. 비루먹은 대물이라니! 내가 잠시 미쳤었나봐."

남궁첨은 살기 위해 기꺼이 굴욕을 감수했다.

한신이 그랬던 것처럼.

비루먹은 대물이라는 말에 연후의 표정이 살짝 굳어졌지만, 불행히도 남궁첨은 그것을 보지 못했다.

"제발, 용서해 줘! 내가 이렇게 빌게."

"용서를 원한다면 해주지."

"고, 고마워."

"이제 그만 일어나라. 예순한 대 남았다!"

연후의 무정한 말에 남궁첨이 와락 얼굴을 일그러뜨리며 자리에서 벌떡 일어났다.

"개새끼! 너 같은 놈은 지옥에나 떨어져… 으에에에에엑!"

남궁첨의 처절한 비명에 뒤이어,

퍼퍼퍼퍼퍼퍽!

질긴 살가죽이 부드럽게 풀어지는 맛깔 나는 소리.

개 잡는 데 일가견이 있는 개방의 고수들도 감탄할 만큼 연후의 매 타작은 경지에 올라있었다.

"으으으으, 아아아악!"

비명과 함께 눈물이 주르륵 흘러내렸다.

너무나 아파서, 자신의 무력한 신세가 너무나 처량해서 도저히 울지 않을 수가 없었다. 그러나 연후는 남자의 뜨거운 눈물을 보고도 눈 하나 깜짝하지 않았다.

남궁첨은 의식이 명멸(明滅)하는 그 순간에도 살아야겠다는 생각에 교두들을 향해 간절한 눈빛을 보냈다. 눈물, 콧물 질질 흘리는 그 모습이 동정심을 유발할 법도 한데, 교두들은 단호히 그의 눈빛을 외면했다.

목숨이 위험하다면 모를까, 저 정도로는 죽지 않는다는 것을 알고 있으니, 도와줄 생각은 전혀 없었다.

남궁첨은 말릴 생각이 없는 듯 아예 팔짱을 끼고 있는 교두들의 모습에 절망했다.

'아아, 이렇게 나는 죽는구나!'

채 피지도 못하고 지는 꽃의 심정이 이해되려는 그때, 거짓말처럼 매타작이 멈췄다. 가물거리는 눈을 들어 앞을 보자 연후가 무표정한 얼굴로 목검을 늘어뜨리고 있었다.

'드, 드디어 끝났나?'

안도와 함께 묘한 성취감이 가슴을 뜨겁게 달구었다.

'장하다, 남궁첨! 잘 버텨냈어!'

벅찬 감동에 또다시 눈물이 흘러내렸다. 그런 그의 귀에 연후의 섬뜩한 목소리가 들려왔다.

"이제 마지막 한 대 남았다!"

전신을 달구었던 감동이 차갑게 식으며, 불길한 기운이 등허리를 타고 위로 솟구쳤다.

"자, 잠깐!"

퍼억!

"…크흑!"

인생이 무너지는 절망적인 고통이 밑에서 솟구쳤다.

절로 숙여지는 상체와 배배 꼬이는 다리.

밑을 내려다보자 자신의 가랑이 사이에 단단히 박혀 있는 연후의 발이 보였다.

물기 젖은 눈동자가 상황을 파악하려는 듯 몇 번 깜빡였다.

들려오는 수군거림과 동정의 눈빛들.

하늘이 무너지는 기분에 눈에서 뜨거운 눈물이 주르륵 흘러내렸다.

'나는… 끝났어!'

인생이 끝난 것 같은 절망감에 결국 남궁첨은 의식을 잃었다.

"내 물건은 비루먹지 않았다."

기절한 남궁첨밖에 듣지 못한, 연후의 독백이었다.

*   *   *

탁자 주위에 빙 둘러앉아 방금 전에 끝난 잠룡대전에 대해
의견을 주고받는 교두들의 얼굴은 진지했다.

이번 기수는 다른 기수들보다 기량이 뛰어나다는 둥 누구누
구는 뭐가 부족하니 이런 부분만 보강하면 훨씬 나아질 거라
는 둥.

수석 교두 남궁철우의 주관 아래, 천이각 출신의 남궁문영
이 교두들의 대화를 책자에 기록하고 있었다.

이 책자는 석 달에 한 번씩 각 수련생 별로 정리되어 전달되
는데, 여기에는 해당 수련생의 장점과 단점, 그리고 앞으로 나
아갈 방향에 대하여 구체적으로 적혀 있었다.

탁자 위의 차가 식는 것도 모르고 열띤 대화가 오고가는 가
운데, 한 교두의 입에서 남궁조휘의 이름이 나왔다.

순간적으로 찾아오는 적막!

교두들은 약속이나 한 듯 입을 꾸욱 다물고 있었다.

남궁철우가 피식 웃으며 창천대 출신의 교두 남궁진무를 쳐
다보았다.

"조휘가 강한 거야 여기 있는 모두가 알고 있는 거고, 자네
의 의견이 심히 궁금하군. 조휘의 단점은 무엇인가? 어떻게 하
면 조휘가 지금보다 더 강해질 수 있겠는가?"

남궁철우의 물음에 남궁진무가 어색하게 웃으며 뒷머리만
긁적였다.

남궁철우가 가볍게 혀를 차며 다른 교두들을 쳐다보았다.

"누구라도 좋으니 어디 한번 말해보게. 조휘에게 부족한 것이 무엇인지……."

그러나 아무도 입을 열지 않았다.

교두들은 하나같이 남궁철우의 시선을 피하며 딴청을 부리고 있었다.

남궁철우가 한숨을 쉬며 말했다.

"하아, 이번에도 단점은 공란으로 둘 생각인가?"

"어쩔 수 없지 않습니까?"

남궁진무의 목소리에는 억울함이 가득했다.

"조휘의 검술은 이미 우리 교두들에게 육박하고 있습니다. 지금 이 상태에서 공력만 더 깊어진다면 우리 교두들도 승리를 장담할 수 없습니다. 그런 조휘에게 우리가 무슨 조언을 한단 말입니까?"

교두들에게 남궁조휘는 굉장히 어려운 수련생이었다.

천재라는 단어에 더없이 어울리는 남궁조휘. 그 무력은 수련생의 수준을 진즉에 뛰어넘었다.

'만인의 위에 서는 인간은 바로 저러한 괴물들이지.'

남궁진무가 이렇게 속으로 중얼거리고 있을 때, 남궁문영이 붓을 멈추며 말했다.

"조휘에게 부족한 것은 아마 적수가 아닐까 합니다."

"…적수?"

남궁철우는 순간 허를 찔린 얼굴이었다.

오래전 뇌리에서조차 완전히 지워 버렸던 그 단어, 적수.

남궁철우의 단단한 눈빛이 불안하게 흔들리고, 당장에라도 토할 듯 안색이 하얗게 질렸다.

　교두들의 걱정 어린 눈빛에 퍼뜩 정신을 차렸다.

　심호흡을 몇 번하며 평정을 되찾은 남궁철우가 계속 말하라는 듯 남궁문영에게 고개를 끄덕여 보였다. 남궁문영이 벼루에 붓을 내려놓으며 허리를 곧게 폈다.

　"제가 말하고자 하는 것은 바로 태산 천왕봉의 전설, 쌍천쟁투(雙天爭鬪)입니다!"

　천하오절 이전 강호의 절대자로 군림했던 검천(劍天) 북궁악과 도천(刀天) 공융.

　젊은 시절 북궁악과 공융은 태산 천왕봉에서 우연히 만나 비무를 벌였으나, 승패를 가리지 못해 십 년을 기약하고 헤어졌다. 첫 만남 당시 강호의 여러 후기지수 중 하나에 불과했던 북궁악과 공융은 각고의 노력 끝에 십 년 뒤, 천하십대검객과 천하십대도객이 되어 마주했다.

　그러나 여전히 승패를 가리지 못해 다시 십 년을 기약하고 헤어졌으니.

　그로부터 십 년 뒤.

　천하제일검과 천하제일도가 격돌했다.

　이후,

　비무의 결과는 알려지지 않았지만, 북궁악과 공융은 서로를 스승처럼 여겼다고 한다.

　남궁문영이 진중한 목소리로 말했다.

"검천께서는 제자들에게 이렇게 말씀하셨다고 합니다. 만약 태산에서 도천을 만나지 못했다면 이 세상에 검천은 없었을 거라고. 도천께서도 제자들에게 그와 비슷한 말씀을 하셨다고 하니, 진정한 적수는 스승보다 나음을 알 수 있습니다."

남궁철우도 익히 알고 있는 이야기였다.

어린 시절 그 누구보다도 검천과 도천의 관계를 동경했던 남궁철우였으나, 이제 쌍천의 쟁투가 그리 아름답지만은 않은 이야기라는 것을 알고 있다.

'…위진.'

서로에게 유일한 적수가 되어주기로 약속했으나, 능력이 부족하여 그 약속을 지킬 수 없었다.

남궁위진은 그야말로 하늘이 내린 천재. 그러나 자신은 범재 중에 조금 뛰어난 자에 불과했다.

무도의 극을 향해 거침없이 나아가는 남궁위진의 재능에 그는 질투했고, 그 추악한 마음을 들키지 않으려고 부단히 노력하며 하루에도 몇 개의 가면을 썼다.

그리고 남은 것은 치유될 수 없는 자괴감.

남궁철우가 툴툴 웃었다.

아무도 볼 수 없는 마음속으로.

"네 말이 정론임을 여기 있는 모두가 알고 있다. 하지만 적수는 인간이 아닌 하늘이 내리는 것! 광대한 천하라면 모를까, 이곳 잠룡관에는 조휘의 적수가 될 이가 없다."

"진정 그렇게 생각하십니까?"

남궁문영의 은근한 물음에 남궁철우가 미간을 찌푸렸다.

'조휘는 위진을 능가하는 천재 중의 천재! 그런 조휘의 적수가 될 이가 이곳에 있을 리 없지.'

그런데 왜 지금 연후가 머릿속에 떠오르는 것일까?

남궁조휘와 무승부를 이뤘기 때문에?

아니다.

남궁철우와 교두들은 알고 있었다.

일각이라는 시간제한이 연후의 패배를 막아줬다는 것을!

조금만 더 시간이 주어졌더라면 연후는 채 이십 초를 견디지 못하고 패배를 당했을 것이다.

남궁조휘의 상대가 되기에는 아직 많은 것이 부족한 연후였다.

하지만,

자꾸만 머릿속에 연후가 떠오른다.

어째서일까?

남궁철우는 어렵지 않게 그 이유를 알아냈다.

'연후에게는 내가 모르는 뭔가가 있다!'

비록 방심했다 하더라도 자신의 무릎을 굽히게 만들었던 연후의 검격을 그는 잊지 않고 있었다.

말간 미소와 함께 드러난 포악함은 천하의 청룡검수조차 움찔하게 만들 정도였다.

자신이 모르는 뭔가가 분명 있었다. 하지만 그것이 남궁조휘를 위협할 만큼 대단한 건지는 그도 확신하지 못하겠다.

"네 심중에 두고 있는 아이가 연후더냐?"

"오늘 비무에서 조휘와 무승부를 기록한 연후의 능력이라면 조휘의 적수가 되기에 충분하다고 생각합니다."

남궁철우가 묘한 낯빛을 띠며 침묵하자 남궁진무가 대신 입을 열었다.

"자네도 잘 알고 있을 텐데? 일각이라는 제한이 없었다면 무승부라는 결과는 일어나지 않았을 것이다."

"알고 있습니다. 아직 조휘에 비해 많은 것이 부족한 연후입니다. 하지만 연후의 재능이라면 충분히 조휘를 따라잡을 수 있다고 생각합니다."

"인정하네. 열네 살이라는 나이에 그만한 성취를 이뤄낸 걸 보면 연후의 재능은 확실히 대단하지. 하지만 연후가 조휘를 따라잡는 건 힘들 걸세."

"왜인지 물어도 되겠습니까?"

"연후가 강해지는 만큼 조휘도 강해지기 때문이네. 연후가 어느 날 갑자기 큰 깨달음을 얻어 강해지지 않는 이상, 지금의 격차를 따라잡는 건 불가능하다네."

반박할 말이 떠오르지 않았다.

연후와 남궁조휘 사이에는 쉽사리 메울 수 없는, 어쩌면 절대적일 지도 모를 큰 격차가 존재했다.

"수석 교두님께서도 연후가 조휘의 적수가 되기에 부족하다고 생각하십니까?"

다소 흥분한 남궁문영의 목소리에 남궁철우가 쓴웃음을 지었다.

뭐라고 대답해야 하나.

잠시 생각을 정리한 남궁철우가 말했다.

"진무의 말에도 분명 일리가 있다. 타고난 재능도 재능이지만, 누구보다 자신에게 엄격한 조휘의 성정을 생각한다면, 지금의 격차를 줄이는 건 아마 힘들 것이다. 하지만 미래는 누구도 모르는 법! 굳이 단정 지을 필요는 없다고 생각한다."

남궁철우가 계속 말했다.

"그래서 연후와 조휘에게 기회를 주고자 한다."

"무슨 기회를 말입니까?"

"연후와 조휘에 한해 일각이라는 시간제한을 없앨 것이다. 그리고 잠룡대전의 원활한 진행을 위해 둘의 비무는 맨 마음으로 배치할 것이다."

"다른 수련생들이 형평에 어긋난다고 반발하지 않을까요?"

"아마도 없을 것이다. 그 녀석들도 무인이라면 잠룡관 최강의 고수가 누구일지 궁금할 테니!"

남궁철우의 말을 끝으로 월례회의가 종료되었다.

第六章　진검(眞劍)

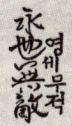

　절벽을 타고 내려온 붉은 석양을 맞으며 연후가 천천히 몸을 일으켰다.

　맞은편 운기조식을 끝낸 남궁조휘도 몸을 일으키고 있었다.

　잠룡대전의 대미를 장식하는 마지막 일전!

　다른 수련생들의 비무는 모두 끝이나 이제 연후와 남궁조휘의 비무만을 남겨두고 있었다.

　두 사람이 연무장의 중앙으로 걸어 나와 자세를 잡자 묵직한 기세가 팽팽히 일어났다.

　휘이잉!

　잠룡관 최강의 고수를 가리는 자리답게 긴장감이 대단했다.

　부딪치는 눈빛과 고양되는 기세.

모두가 숨죽여 지켜보는 가운데 두 쌍의 눈이 허공에서 불꽃을 튀겼다.

터엉!

땅을 박차며 창궁십이검을 펼치는 남궁조휘. 창궁의 드높음이 목검의 끝에서 화려하게 펼쳐졌다.

순간, 연후의 옷자락이 펄럭이며 빙그르 휘돌았다.

파파파파파!

대기를 따갑게 때리는 목검을 스치듯 지나치며 연후가 마치 바람처럼 빠져나갔다.

움직임이 그리 빠른 것도 아니다.

보법은 그도 아는 연원보. 그럼에도 그의 목검은 번번이 허공만 때렸다.

보법이 문제가 아님을 남궁조휘도 알고 있었다.

검은 눈동자 속에 자리한 심연(深淵)이 마치 그의 다음 공격을 읽고 있는 듯했다.

'기분 나쁠 정도로 차가운 눈빛이군.'

비무가 재개된 이래, 연후는 아직까지 단 한 번도 목검을 휘두르지 않고 있었다.

지난번 비무에서 보법에서 밀린 것을 되갚아주려는 듯 순전히 연원보만으로 남궁조휘를 상대하는 연후였다.

연후의 의도를 깨달은 남궁조휘가 눈썹을 치켜 올렸다.

"하아아압!"

기합과 함께 내지르는 일격!

뻗어나가는 기세가 실로 예사롭지 않다.

팔방을 점하며 치고 들어오는 치밀한 검세에 연후가 미간을 찌푸렸다.

쾅!

묵직한 충돌음과 함께 연후가 뒤로 주르륵 밀려났다. 그런 그를 향해 남궁조휘가 차갑게 말했다.

"연원보만으로는 무리라는 걸 이제 알겠습니까?"

"과연 그럴까?"

말이 끝나기 무섭게 연후의 신형이 꺼지듯 사라지더니 어느새 남궁조휘의 뒤에 나타났다.

그러나 곧.

뒤를 잡혔던 남궁조휘의 어깨가 슬쩍 움직이자 순식간에 전후(前後)가 뒤바뀌었다.

선점의 우위는 극히 찰나, 연후가 땅을 밀어내자 한줄기 바람이 일었다.

그와 동시에 남궁조휘가 연원보를 밟았다.

휘이이잉!

연무장에 일진광풍이 불었다.

바람처럼 움직이는 두 신형이 엎치락뒤치락 뒤를 잡았다 잡히기를 반복하다 거짓말처럼 동시에 뚝 멈췄다.

연후의 전방, 입을 쩌억 벌리고 있는 수련생이 보인다.

연후는 군이 고개를 돌려 뒤를 확인하지 않았다.

그의 뒤쪽.

맞닿은 등에서 남궁조휘의 호흡이 느껴졌다.

단정한 얼굴 뒤에 숨겨져 있던 맹수의 거친 본능!

입가에 늘 달고 다니던 부드러운 웃음 속에 맹수의 사나움이 깃들었다.

맞닿은 등을 통해 전해지는 박동이 정점에 이르는 순간, 연후가 튕기듯 몸을 휙 돌리며 목검을 횡으로 베었다.

쐐애액!

공격을 예상했다는 듯 남궁조휘가 바닥에 주저앉으며 연후의 발목을 걸어찼다. 연후는 피하지 않고 손목을 반 바퀴 돌려 목검을 고쳐 잡은 뒤, 밑으로 내리쩍었다.

'이런 무식한!'

발목을 얻는 대신 머리를 내줄 판이었다.

남궁조휘가 속으로 혀를 차며 바닥을 짚은 손에 힘을 주자 그의 몸이 앉은 상태 그대로 미끄러지듯 뒤로 물러났다.

파앗!

머리카락 몇 가닥이 허공에 흩날렸다.

대응이 조금만 늦었더라도 정수리가 관통될 뻔했다.

뒤로 물러나는 것과 동시에 몸을 일으키는 남궁조휘에게 연후가 무섭게 달려들었다.

파파파파파!

잠룡관 수련생이라면 누구나 익히고 있는 창궁십이검.

그러나 연후의 창궁십이검은 달랐다.

재능이란 바로 이런 것일까.

자신이 익히 알고 있는 초식들이고 동작들이다. 그러나 연후의 목검은 검의(劍意)를 담고 있었다. 검의의 구현은 곧 무공의 대성을 의미하니 창궁십이검의 좁은 틀로는 괴물의 무한한 잠재력을 감당할 수 없었다. 지금의 연후는 좁은 틀을 부수고서라도 스스로 날아오르려 하고 있었다.

지난달에 붙었을 때와는 완전히 달랐다.

그때만 해도 아직 검의를 구현할 정도는 아니어서 아직까지는 충분히 감당할 만하다고 생각했었다.

일신우일신(日新又日新)이다.

아직은 한두 걸음 뒤에 있다고 생각했는데, 어느새 나란히 걸어가고 있다.

창궁의 검의가 담긴 엄중한 검망(劍芒) 속에서도 남궁조휘의 눈은 투지로 이글거리고 있었다.

고오오오!

청룡무상진기가 무섭게 일어나 전신 혈도를 맹렬히 휘돌자 남궁조휘의 기세가 강해졌다.

연후의 눈에 언뜻 이채가 떠올랐다. 하지만 표정에는 아무 변화도 없다.

파파파파파!

남궁조휘의 목검이 연달아 내리꽂히자 그를 옭아맨 검망이 분쇄되며 연후가 뒷걸음쳤다.

"하압!"

벼락같이 떨어져 내리는 강격!

황급히 연원보를 밟는 연후를 쫓으며 남궁조휘가 창궁무변을 펼쳤다.

여기에 창궁낙일로 응수하는 연후.

남궁조휘가 기다렸다는 듯 창궁만뢰를 펼쳐 창궁낙일을 파훼했다.

쾅!

연후가 휘청거리며 물러나자 남궁조휘가 득달같이 달려들며 창궁십이검의 절초들을 쏟아냈다.

남궁조휘의 기세는 가히 폭풍 그 자체!

강력한 패공으로 무섭게 휘몰아치는 남궁조휘의 검술에 연후는 문을 닫아걸고 방어에 치중했다.

연후의 눈은 냉철했다.

비록 밀릴지언정 그의 검은 정교함을 잃지 않고 있었다.

그러던 어느 순간,

바람이 방향을 바꾸듯 흐름이 바뀌었다.

연후는 그 순간을 놓치지 않고 맥을 끊고 일어나 창궁십이검을 도도히 풀어냈다.

방어에서 공세로의 전환이 물 흐르듯 자연스럽다.

전신을 단단히 옭아매는 창대한 검의 그물.

순식간에 흐름이 넘어가 버렸다.

창궁의 고고한 기상이 묻어나는 엄중한 검망에 남궁조휘는 연방 뒷걸음쳤다.

남궁조휘는 이를 악물며 목검을 휘돌렸다.

방어에 치중하며 기회를 노리나, 연후의 정교한 검술은 조금의 틈조차 내주지 않았다.

도리어 실낱같은 그의 틈을 비집고 들어와 연격을 날린다.

퍼퍼퍽!

남궁조휘가 어깨와 옆구리, 허벅지에 일격씩 얻어맞고 휘청거렸다.

연후의 머릿속에 승리라는 단어가 떠오르는 그때, 남궁조휘의 목검에서 웅혼한 검세가 뻗어 나갔다.

휘리릭, 쩌엉!

창궁일섬이 너무도 간단히 파훼되며 연후가 비틀 물러났다. 목검을 쥔 오른팔에 한순간 힘이 들어가지 않았다.

그만큼 남궁조휘의 검력은 막강했다.

쒜애액!

팔이 회복할 틈을 주지 않으려는 듯 남궁조휘가 바로 공격했다. 연후는 당황하지 않고 창궁무변으로 공격을 막으며 반격을 준비했다.

그런데 그 순간, 남궁조휘가 그의 창궁무변을 감아올리듯 튕겨내며 안으로 파고들었다.

"흐음!"

위로 불쑥 솟아오르는 손.

연후의 앞섶을 잡고 바닥에 내리꽂는다.

쾅!

등허리가 부서지는 듯한 충격에 한순간 숨이 막혔다.

뒤늦게 정신을 차리고 몸을 일으키려고 하자 어느새 남궁조
휘의 목검이 그의 목에 닿아 있었다.

패배(敗北).

목검 꽉 쥔 그의 손아귀에서 스르르 힘이 빠졌다.

남궁철우는 전율했다.

평생 따라잡을 수 없을 거라고 생각했는데, 고작 한 달 만에
그 간격을 없애 버렸다. 재능만 놓고 본다면 연후는 남궁조휘
를 능가했다.

하지만 이번 비무에서 남궁조휘는 그동안 감춰왔던 창궁무
애검을 꺼냈다.

연후의 패배는 당연한 결과였다.

창궁무애검은 창궁십이검과는 비교가 불가능한 절대검공이
었던 것이다. 남궁세가에서 창궁무애검을 능가하는 검공은 가
주만이 익히는 제왕검형밖에 없었다.

남궁철우는 궁금했다.

연후가 창궁무애검을 꺼내든 남궁조휘를 상대로 어떤 모습
을 보여줄지!

남궁조휘는 깊은 자괴감에 빠져 있었다.

'나는 비겁했다!'

패배를 인식하는 순간, 마음이 조급해져 그만 창궁무애검을
펼쳐 버렸다. 덕분에 비무에서 승리를 거두기는 했지만, 남궁

조휘는 조금도 기쁘지 않았다.

'빌어먹을!'

남궁조휘의 단정한 얼굴이 고통스럽게 일그러졌다.

괴로운 것이다.

자신이 창궁무애검을 쓸 수밖에 없게 만든 연후의 재능이 그는 두려운 것이다. 창궁십이검으로는 연후를 이길 수 없다는 것을 절감하는 순간, 남궁조휘는 절망했다.

결국 창궁무애검을 펼침으로 비무에서 이기기는 했지만, 스스로 인정한 꼴이 되어버렸다.

재능의 차이를!

그릇의 차이를!

'큰형님도 그렇게 말씀하시지 않았던가? 나를 능가하는 재능이라고! 그래, 인정하자! 녀석의 괴물 같은 재능을!'

인정하자 마음이 후련해졌다. 하지만 재능을 인정하는 것과 패배를 인정하는 것은 별개의 문제였다.

'창궁무애검을 꺼내 보인 이상, 너에게 앞을 내주는 일은 절대 없을 것이다!'

재능이 부족하면 보다 뛰어난 검공과 노력으로 메우겠다.

그리고 훔친다.

자신에게 없는 연후의 막강함의 비밀을!

'연후의 막강함은 냉철한 마음과 정교한 검술에서 나온다! 또한 연후는 승부에 있어 절대 무리수를 두지 않는다. 실수도 전혀 하지 않지. 그리고 어떤 상황에서도 평정을 잃지 않으니

스스로 무너지는 일도 없다.'

남궁조휘는 그렇게 정교함과 냉철함이라는 화두를 머릿속에 각인시킨 뒤, 창궁무애검을 미친 듯이 수련했다.

연후는 패배로 인한 무력감과 울분은 연무장을 내려오며 머릿속에서 모두 지워 버렸다.

대신 그는 패배의 원인을 냉정히 분석했다.

'창궁무애검이라고 했던가?'

남궁조휘가 마지막에 쓴 검술은 창궁십이검을 능가하는 웅혼한 검세를 자랑했다.

'만약 내가 창궁무애검을 익혔다면 패배를 당하지 않았을까?'

연후는 고개를 저었다.

창궁무애검이 절대의 검학으로 불리는 건 내력을 증폭시키는 비전의 운용법에 있었다. 하지만 연후에게 중요한 건 내력의 운용이 아닌 본령이 담긴 외형이다. 그가 창궁무애검을 익힌다 하더라도 남궁조휘와 같은 웅혼한 검세는 뿌릴 수 없을 것이다.

육도의 한계인가?

아니다.

육도에는 한계가 없다.

그의 천도무극공이 깊어질수록, 그의 선천지기가 많아질수록 육도는 무한히 지평을 넓힐 것이다.

결국 지금보다 경지를 높이려면 천도무극공을 더욱 깊이 파고들어야 한다.

연후는 다시 비무를 복기했다.

남궁조휘가 비무를 운용하는 방식을 분석하던 연후의 눈이 깊어졌다.

찾아낸 것이다.

남궁조휘에게는 있고 자신에게 없는 뭔가를!

그것은 바로 승부의 감이었다.

'만약 그 녀석이 처음부터 창궁무애검을 썼다면 나는 당하지 않을 것이다!'

지금 생각해 보니 남궁조휘의 화후는 그리 높지 않았던 것 같다.

문제는 그의 방심이었다.

자신이 승리를 확신하는 그 순간, 남궁조휘는 그의 방심을 간파하고 창궁무애검이라는 승부수를 띄웠다.

대범한 한 수였다.

자신이라면 화후가 낮은 창궁무애검으로 승부수를 띄울 생각은 절대 하지 않았을 것이다.

천성적으로 실패의 위험이 큰 도박을 경멸하는 연후였다.

'이거였나?'

자신의 문제점을 발견한 연후가 눈살을 찌푸렸다.

자신은 지나치게 이성적이었다.

절대 무리수를 두지 않으며, 지나치게 분석적이다.

자신보다 하수를 상대라면 절대적인 우위를 점하겠지만, 그 상대가 동등한 실력자라면 고전을 면키 힘들 것이다.

특히 이런 그의 성격은 자신을 능가하는 고수를 만나게 되었을 때 큰 문제가 되는데, 이미 패배를 예상하고 있기에 본래의 실력도 발휘하지 못할 확률이 높다.

'강자에겐 약하고, 약자에겐 강한 성격인 건가, 나는?'

연후는 미간을 찌푸렸다.

하지만 이내 미간을 풀며 일월지로 걸음을 옮겼다.

'이제라도 알았으니 바꾸면 된다. 분석을 통제하고, 투지를 연기한다!'

연기는 그의 삶이었다.

감정을 드러내지 않는 표정과 말투 역시 연기였다. 인연을 맺지 않으려는 그 나름의 자구책이었던 것이다.

일월지의 편평한 바위에 가부좌를 튼 연후는 천도무극공에 집중했다.

육도의 한계를 없애는 생명의 근원, 천마불사혈기의 위협에서 그를 보호할 선천지기가 침잠하는 의식과 호흡에 이끌려 하문에 몰려들었다.

세월이 유수처럼 흘렀다.

*   *   *

우람한 근육에서 뿜어져 나오는 신력이 묵암의 여덟 검초에 더해지니, 중검은 패공이 되고 묵암은 바위처럼 단단한 검벽(劍劈)을 이뤘다.

묵암의 검벽은 곧 묵암팔검 소성의 징표.

굉음을 내며 쏟아지는 폭포수처럼 장대한 울림을 토하는 묵암의 검벽은 대기를 찢고 상대를 겁박하는 묘용을 지니고 있었다.

묵암의 검벽을 이룬 남궁대강은 자신감 넘치는 얼굴이었다.

'명이 너도 이제 내 상대는 아니야!'

잠룡대전에서 한차례 승패를 주고받은 뒤로 줄곧 무승부를 기록했던 남궁명과의 일각비무. 하지만 이제 조금 뒤면 팽팽하게 이어지던 균형이 깨어질 것이다.

패도를 걷기 시작한 그의 묵암의 검벽에 의하여!

목검을 쥔 손아귀에 힘이 들어가며 시퍼런 힘줄이 팔뚝에 툭툭 불거졌다.

남궁대강은 가슴 밑바닥에서 올라오는 뜨거운 호승심에 고개를 돌려 남궁조휘를 노려보았다.

남궁조휘는 여전히 압도적인 무력으로 무패행진을 계속 이어가고 있었다. 난공불락의 정교한 검술을 구사하는 남궁조휘는 그에게 절대 넘을 수 없는 벽이었다.

묵암의 검벽을 이루며 하나의 벽을 뛰어넘은 지금 그의 실력으로도 승리는 요원했다. 요행을 바라기에는 남궁조휘의 검술은 너무나 막강했다.

'반각이나 버티면 다행일까?'

나이를 뛰어넘은 남궁조휘의 막강한 무력을 생각하면 솔직히 반각은커녕 반의 반각도 버티지 못할 것 같았다.

창궁무애검이 아닌 창궁십이검을 펼치는 남궁조휘에게 말이다.

이 음울하고도 냉정한 현실에 자괴감이 들어야 정상인데, 그의 마음은 여기에 아무렇지 않게 수긍하고 있었다.

'조휘 형은 천재니까!'

인정하지 않으려고, 한 번쯤 그를 이겨보려고 기를 쓰고 노력했던 적도 있었다. 하지만 애초에 걷는 보폭이 다르니, 똑같이 백 보를 걸어도 나아간 거리는 다를 수밖에 없었다.

이 사실을 인정하는데 꽤 오랜 시간이 걸렸다. 하지만 인정하고 나니 자신의 보폭이 보였고, 짧은 보폭이나마 쉬지 않고 걸음을 옮기다 보니 어느새 검벽을 이루게 되었다.

'천재의 상대로는 괴물이 제격이지.'

남궁조휘를 노려보며 투지를 일으키던 남궁대강이 눈에서 힘을 풀며 고개를 돌렸다.

나무둥치에 기대어 심법을 수련하고 있는 연후가 보였다.

녀석은 확실히 괴물이었다.

무슨 문제가 있었던 건지 아님 실력을 감추고 있었던 건지 한동안 밑바닥에서 놀던 녀석이 참회동을 나오자마자 자신과 남궁명을 꺾더니 남궁조휘와는 무승부까지 기록했다.

남궁조휘가 유일하게 창궁무애검을 펼치는 상대인 연후.

아직까지 단 한 번도 남궁조휘를 이기지는 못했지만, 둘의 격차는 근소했다.

천재와 괴물.

상식으로 예단할 수 없는 존재들이다.

이십대에 절정을 밟고, 천하를 향해 나아가는 이들의 뒤를 쫓으려면 짧은 보폭이나마 부지런히 발을 놀려야 했다.

연후와 남궁조회를 번갈아 보는 남궁대강의 눈은 묵암처럼 단단하고 굳건한 빛을 뿜어내고 있었다. 현실의 냉엄함에 좌절하고 무너질 바에야 인정하고 스스로를 지키며 한 발 한 발 나아감이 현명하다.

'나는 내게 주어진 걸음으로 한 발짝씩 나아갈 뿐이다.'

남궁대강이 속으로 그렇게 다짐하고 있을 때, 남궁명이 다가와 그의 옆구리를 쿡쿡 찔렀다.

"뭔 생각을 그리 하냐?"

남궁대강은 습관적으로 짓는 미소 때문에 일자(一字)처럼 보이는 남궁명의 실눈을 보며 어깨를 으쓱 올렸다.

"별건 아니고. 나한테 깨질 너에게 미리 애도를 보내고 있었어."

"하하하, 딱 보니 검벽을 이뤘나 본데. 이거 어쩌냐. 나 역시 연원보에 성취가 있었는데."

남궁대강이 묵암팔검에 주력하고 있을 때, 남궁명은 특이하게도 보법인 연원보를 파고들었다.

그리고 며칠 전 그는 연원보의 소성을 의미하는 연원백팔변(連圓百八變)을 이뤘다.

창궁십이검이 창궁무애검에서 파생되었고 묵암팔검이 묵암 광천검에서 나왔듯이 연원보의 뿌리는 무한보에 있었는데, 연원보를 대성하면 만변무변(萬變無變)의 무한의 길이 열린다고 했다.

　무한보는 소림의 연대구품, 개방의 취팔선보, 곤륜의 운룡 대팔식, 아미의 부동명왕보, 당가의 암향은영보와 함께 정도 육대보법으로 불렸는데, 당대의 누구도 만변에 무변을 담지 못했다고 한다.

　"만변무변에 도전할 생각이냐?"

　"치고 박는 것보다는 재치 있게 피해 다니는 보법이 나한테 더 맞더라고."

　남궁명이 히죽 웃었다.

　"어쩌면 너 역시 천재일지도 모르겠군. 얍삽한 머리에 도망 다니는데 특화된 튼튼한 건각(健脚)을 생각하면."

　"그거 칭찬이지?"

　"……"

　"뭐냐, 그 침묵은?"

　남궁대강은 대답하지 않고 와룡각의 입구 쪽을 쳐다보았다. 총교두 남궁훈을 필두로 교두들이 숙소에서 나오고 있었다.

　"슬슬 시작하려나 보네."

　남궁명이 눈을 일자로 만들며 하얗게 웃었다.

　크고 오래된 나무둥치에 기대어 천도무극공을 수련하고 있던 연후는 어깨를 흔드는 손길에 눈을 떴다.

남궁무외의 백옥 같은 회고 고운 얼굴에 연후의 눈빛이 따뜻하게 변했다. 하지만 그의 입에서 나오는 말은 무뚝뚝했다.

"뭐지?"

"뭐긴, 우리 빼고 다 집합했어!"

남궁무외는 연후를 억지로 일으켜 세웠다.

연후가 못 이기는 척 일어나자 남궁무외가 흑진주처럼 아름다운 눈을 반짝이며 그의 어깨에 팔을 척 올렸다.

앞으로 석 달만 있으면 열일곱이 되는 연후의 키는 남궁무외보다 머리 반 개는 큰 육척장신으로 떡 벌어진 어깨와 긴 팔다리, 우람한 가슴근육과 물결처럼 일렁이는 잔근육이 조화롭게 어우러져 완벽에 가까운 비율을 자랑했다.

남궁무외와 함께 줄의 맨 뒤에 서자 남궁훈이 천천히 입을 열었다.

"그동안 잠룡대전을 치르느라 수고들 많았다!"

잠룡대전의 종료선언이나 다름없는 남궁훈의 말에 수련생들이 당혹스러운 표정을 지었다.

"지금 이 시간 부로 잠룡관 일차 훈련을 종료한다. 그리고 이차 훈련은……."

남궁훈이 말을 멈추며 눈짓을 보내자 교두 두 명이 등에 매고 있던 커다란 바구니를 땅에 내려놓았다.

바구니에는 각각 스무 자루의 진검이 들어 있었다.

남궁훈이 진검의 검집을 벗겼다. 검집의 안감과 마찰하며 스르릉 뽑혀 나오는 검날은 불꽃 속에 핀 화려한 꽃처럼 죽음과 환희를 양면에 두르고 있었다.

곧게 뻗은 검날에 굴절되는 은색의 빛을 쓰다듬으며 남궁훈이 말했다.

"이차 훈련은 실전이다. 죽고 죽이는……. 차가운 검날에 적의 피를 묻혀야 하고, 어쩌면 적의 검날에 목숨을 잃을지도 모른다. 강호무림에 품었던 환상은 하나의 목숨을 취할 때마다 부서질 것이며, 갈기갈기 찢겨진 환상 뒤편의 무정강호, 비정무림이 딱딱해진 심장에 인으로 박힐 것이다. 그리고 검에 맡긴 목숨이 적의 검에 선홍빛 피를 뿌리며 꺾이는 날, 자신의 강호도 함께 죽을 것이다. 이차 훈련에 참가할지 말지는 모두 본인의 선택에 맡기겠다. 냉정하게 생각하고 결정해라! 여기이 진검을 잡는 순간, 죽음만이 끝을 고하게 하는 비정강호에 들어서게 되니!"

검날을 검집에 밀어 넣은 뒤, 바구니에 검을 갖다놓은 남궁훈은 잔뜩 긴장한 수련생들과 일일이 눈을 맞췄다.

"앞으로 한 시진을 주겠다. 이차 훈련에 참가할 자는 검을 잡아라. 검을 포기한 자는 본가로 복귀한다. 참고로 일차 훈련 수료자에게는 동검의 위가 주어질 것이며, 이차 훈련을 무사히 수료한 자에게는 은검의 위가 주어질 것이다. 이점 유의하고 후회 없는 결정을 내리기 바란다."

남궁훈이 교두들을 데리고 자리를 비켜주자 그제야 참았던 숨을 뱉어내듯 곳곳에서 웅성거림이 터져 나왔다.

남궁훈의 친절한 설명에 겁을 집어먹은 녀석도 있었고, 죽음 따윈 두렵지 않다는 듯 과장되게 목소리를 높이는 녀석도 있었다. 하지만 마흔 명의 수련생 중 그 누구도 먼저 나서서 진검을 잡으려고 하진 않았다.

　그때, 무외와 함께 줄의 맨 뒤에 있던 연후가 뚜벅뚜벅 걸음을 옮겨 바구니 안의 진검을 집어 들었다.

　"이게 진검이라는 말이지?"

　검집을 벗기는 손길을 따라 검이 울음을 흘려냈다.

　묘한 흥분 속에 섬뜩함이 감도는 날카로운 소리 너머로 희미한 쇠 냄새가 점점이 묻어났다.

　아직 이름조차 지어지지 않은, 순백의 검은 내밀한 속살을 수줍게 드러내고 있었다. 연인을 바라보듯 그윽한 눈으로 진검을 응시하던 연후는 순간 가눌 수 없는 충동에 사로잡혀 즉흥적으로 자세를 잡고 검을 휘둘렀다.

　쌔애액!

　창궁을 누비는 열두 개의 날개를 모두 펼치고 묵암의 여덟 바위를 대지에 때려 박으며 하늘과 땅을 잇는 거대한 원을 그려 나갔다.

　상식이라는 틀을 깨고 새로운 지평을 여는 그의 검에 장내는 침묵했다. 창궁과 묵암이 연원의 뜰에서 조화롭게 어우러지는 그것은 파격의 검무였다.

　'어떻게 저게 가능한 거지?'

　남궁조휘의 눈에 떠오른 감정은 경악이었다.

창궁십이검과 묵암팔검은 쾌검과 중검으로 내력의 운용법이 판이하게 달랐다.

창궁십이검과 묵암팔검을 진즉에 완성하고 창궁무애검에서도 상당한 성취를 얻은 남궁조휘조차도 창궁과 묵암을 연환하여 펼치는 것은 무리였다.

각자의 영역을 확고하게 구축하고 있는 창궁과 묵암임에 마치 하나의 검술처럼 억지로 연환으로 펼치려다가는 파탄만 야기할 뿐이었다. 그러나 연후의 몸짓 어디에도 파탄의 흔적은 보이지 않는다. 도리어 잃었던 짝을 되찾은 듯 창궁은 묵암으로, 묵암은 창궁으로 인해 더욱 날카롭고 묵직한 검세를 뿌려 댔다.

지난번에 붙었을 때와는 또 다른 성취였다.

'내가 저 검을 받을 수 있을까?'

남궁조휘는 자문했다. 그리고 고개를 끄덕였다.

아직은…….

아직은 감당할 만했다.

하지만 마음을 놓는 순간, 당할 것이다.

뒷덜미에서 녀석의 뜨겁고 거친 숨결이 느껴진다.

녀석과의 거리는 고작 반 걸음.

언제든 따라잡힐 수 있는 거리이며, 검이 충분히 닿을 수 있는 거리였다. 하지만 남궁조휘는 하얀 이를 드러내며 웃었다.

바구니에서 진검을 꺼내 든 남궁조휘는 검집을 벗긴 뒤, 검 날을 곧추세웠다.

때마침 검무를 끝낸 연후가 남궁조휘를 향해 다가왔다.

거리는 삼 장.

공간을 격하고 마주선 두 사람의 전신에서 강렬한 기파가 뿜어져 나왔다.

화아악!

박동하는 심장, 고조되는 긴장감.

곳곳에서 들려오는 웅성거림과 기대감 어린 눈빛들이 두 사람에게 쏟아진다.

그러나 둘은 이미 상대에게 완전히 몰입한 상태.

흥분이 온몸 구석구석으로 스며드는 순간, 두 진검이 격돌했다.

콰앙!

창밖을 내다보고 있는 남궁훈에게 남궁철우가 말했다.

"말려야 하는 거 아닙니까?"

"걱정하지 말게. 저 두 녀석의 실력은 자네가 더 잘 알고 있지 않나?"

"물론 조휘와 연후의 실력은 뛰어납니다. 그러나 저 아이들은 오늘 처음 진검을 잡았습니다."

수석 교두로서 남궁철우의 걱정은 당연했다.

진검은 목검과 달랐다.

진검은 목숨을 빼앗는 흉기. 아직 비무는 일렀다.

하지만 남궁훈은 그렇게 생각하지 않았다.

차가운 검날에 목숨을 거는 진검은 무인의 각오와 결의.

본인의 의지로 비정강호에 뛰어든 남궁조휘와 연후에게 더 이상의 보호는 필요 없었다.

"어차피 절강으로 갈 아이들이라네. 미리 경험한다고 해서 나쁠 건 없지."

"총교두님께서는 외부에서 오신 분이라서 잘 모르시겠지만, 절강으로 간다고 하여 바로 실전에 투입되는 것은 아닙니다."

남궁철우의 의미심장한 말에 남궁훈이 고개를 홱 돌렸다.

"…알고 있었나?"

"총교두님께서 성궁(聖宮) 출신인 거 말입니까? 걱정하지 마십시오. 오해 따윈 하지 않으니."

"어디까지 알고 있나?"

"전부!"

남궁훈의 눈에 이채가 떠올랐다.

"그쪽에서도 나름 배려를 해주었던 건가? 하긴, 교두로 있기엔 아까운 인재라고 생각했었지."

"그냥 교두가 아닙니다. 저는 잠룡관 수석 교두입니다."

남궁철우의 단단한 미소에 남궁훈이 고개를 절레절레 저으며 말했다.

"나가보도록 하지."

목조 건물 밖으로 나온 남궁훈은 절정을 향해 치닫는 비무에 속으로 감탄을 터뜨렸다.

'대단하군! 저 나이에 저러한 무력이라니!'

진검이 주는 원초적인 두려움에 굴하지 않고 전력을 다해 격돌하는 연후와 남궁조휘. 가진 모든 것을 꺼내는 것으로도 모자라 거기에서 한 발 더 나아간다.

적수(敵手)!

대등한 재능을 가진 두 사람이 부딪치며 서로를 끌어주고 한계의 지평을 열어간다.

남궁훈은 이들이 과연 어디까지 날아오를 수 있을지 궁금했다. 남궁철우도 그와 비슷한 생각을 하고 있는 듯했다. 여태까지 비무를 중단시키지 않는 걸 보면 말이다.

그렇게 비무는 모두의 기대 속에서 끝을 향해 달려가고 있었다.

괜히 어깨가 들썩였다.

머릿속에 신명나는 가락이 울려 퍼지고, 뭔가에 이끌리듯 훨훨 춤을 췄다.

검무는 검무이되 독무(獨舞)가 아닌 대무(對舞)이다.

합을 맞추듯 정교하게 맞물리는 검과 검이 한계의 지평을 열어간다.

비상(飛上)이다.

하지만 한계 너머에는 또 다른 한계가 존재했다.

채애애앵!

날카로운 충격음에 퍼뜩 정신을 차렸다.

마치 꿈을 꾼 듯한 느낌이다.

몇 차례 눈을 껌뻑이던 연후가 고개를 저으며 눈앞의 남궁조휘에게 집중했다.

남궁조휘 역시 아쉬움을 털고서 전의를 불태우고 있었다.

허공에서 눈빛이 부딪치는 순간, 두 검이 움직였다.

피피핏!

연후의 어깨와 남궁조휘의 허벅지에서 동시에 붉은 핏물이 튀었다.

그리고 다시 격돌!

채채채채챙!

벼락같은 검격이 부딪치며 연방 굉음을 일으켰다. 피를 본 두 검은 전보다 몇 배나 거칠고 흉포했다.

인정을 버린, 오직 승리만을 위한 검이 상대의 살을 베고 피를 머금었다.

피피핏!

팔과 옆구리에서 핏물이 튀었다.

한 치만 더 깊이 들어갔더라도 근육이 끊어지고 내장이 쏟아지는 위험한 부상이었다.

그러나 둘은 개의치 않고 검을 휘둘렀다.

전보다 더 빠르고, 더 강하게!

쾅! 콰콰쾅!

굉음과 함께 두 소년의 몸이 뒤로 주르륵 밀려났다. 그러나 다시 땅을 박차며 상대에게 달려드는 두 소년이다.

그렇게 얼마의 시간이 흘렀을까?

쉼없이 공방을 주고받던 연후와 남궁조휘가 돌연 움직임을 멈췄다.

둘의 거리는 고작 반 장.

검만 뻗으면 닿을 수 있는 거리였다.

꿀꺽!

한 수련생의 침 삼키는 소리에 연후와 남궁조휘의 검이 동시에 빛살처럼 뻗어 나갔다.

번쩍!

"…무승부인가?"

상대의 목과 가슴 앞에 멈춰 있는 두 개의 검.

한 수련생의 말처럼 비무는 무승부였다.

짝짝짝!

남궁훈이 박수를 치며 다가오자 그제야 둘은 상대의 목과 가슴을 겨눴던 검을 거둬들였다.

"멋진 비무였다."

두 소년은 서로를 노려보며 입을 꾸욱 다물고 있었다. 남궁훈이 피식 웃으며 수련생들을 돌아보았다.

"약속한 한 시진은 되지 않았지만, 이제 그만 선택하기 바란다."

웅성거림은 없었다.

연후와 남궁조휘의 비무에 피가 뜨거워졌는지 단 한 명의 예외도 없이 진검을 향해 손을 뻗었다.

남궁훈이 얼굴을 굳히며 말했다.

"후회하지 않겠는가?"

"네!"

"죽을 수도 있다. 그런데도 두렵지 않은가?"

"네! 두렵지 않습니다."

뱃속에서 터져 나오는 우렁찬 외침에 남궁훈의 만족스러운 미소를 지었다.

"축하한다! 이로써 너희는 무인이 되었다."

연무장에 후끈한 열기가 감돌았다.

진검과 무인.

하지만 피의 세례를 겪지 않은 그들은 아직 햇병아리에 불과했다. 남궁훈의 눈짓에 남궁철우가 한 걸음 나서며 힘차게 외쳤다.

"지금부터 모두 숙소로 들어가 짐을 챙긴다!"

"어디로 가는 겁니까?"

"절강!"

第七章 참도(斬盜)

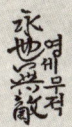

　동곡을 떠난 잠룡관 수련생들은 근 두 달여의 강행군 끝에
이 차 수련지인 참도방(斬盜幫)에 도착했다.

　참도방은 절강의 동쪽 끝 대진포에 근거지를 두고 있었는
데, 원 말엽 왜구들의 침탈에 분연히 의기를 떨치고 일어난 홍
의참도(紅衣斬盜) 방율이 조직한 방파였다.

　당시 왜(倭)는 남북조로 나뉘어 내전이 한창이었다.

　내전에서 패배한 패잔병들과 사무라이 및 땅을 잃은 농민들
이 연해지역을 수시로 침범했다.

　약탈자들이 지나간 자리는 그야말로 참혹했다.

　불 탄 집 안에 나뒹구는 시체들과 살이 썩고 노릿하게 익은
역겨운 냄새.

인세에 펼쳐진 지옥도에 절강무인들은 크게 분노했다.

절강무인들은 외로이 왜구들과 싸우고 있던 홍의참도 방율을 중심으로 방파를 조직했는데, 여기에 가장 큰 공헌을 한 이가 바로 창천검(蒼天劍) 남궁천록이었다. 당시 소가주였던 남궁천록은 방율의 의기에 크게 감동하여 물심양면으로 그를 지원했는데, 그 인연이 지금까지 이어져 오고 있었다.

참도방은 그렇게 탄생되었고, 그 정신은 조금의 변질도 없이 후대로 계승되었다.

원이 멸망하고 명이 세워졌지만, 왜구들의 침탈은 여전했다.

오대 참도방주인 맹경대도(猛鯨大刀) 방하군은 수백의 왜구들을 베었고, 그의 애병인 참마도에는 섬뜩한 붉은빛이 감돌았다. 그러나 수백 명을 벤 인물답지 않게 그의 눈에는 정광이 흘러넘쳤고, 그 성정은 호방했다.

"하하하, 먼 길 오시느라 고생 많으셨습니다."

방하군은 정문 밖까지 나와 일행을 환대했다.

"오랜만에 뵙겠습니다, 형님."

"너는… 철두?"

"철우입니다."

남궁철우는 한숨을 쉬며 방하군의 말을 정정했다. 방하군이 대소를 터뜨리며 남궁철우를 와락 끌어안았다. 남궁철우의 덩치도 작은 편은 아니나 방하군의 체구가 워낙 거대하여 우람한 가슴에 그의 얼굴이 쏙 파묻혔다.

"하하하, 그래, 철두! 도대체 이게 얼마만이냐?"

방하군이 솥뚜껑 같은 커다란 손으로 남궁철우의 등을 팡팡 두들겼다. 등짝이 부서지는 듯한 통증에 남궁철우의 입에서 억눌린 신음이 흘러나왔다.

"혀, 형님……."

두꺼운 가슴근육에 파묻혀 목소리가 제대로 나오지 않았다. 덕분에 그의 등짝은 우그러들듯 벌겋게 부어올랐다. 남궁철우는 방하군의 품에서 빠져나오자마자 거리를 멀찍이 벌렸다.

방하군은 그의 경계하는 눈빛에 귀엽다는 듯이 피식 웃으며 입을 열었다.

"위진이 소식은 들었다. 청룡검주가 되었다고?"

"네."

"듣고도 믿기지 않았는데, 정말 세월이 흐르긴 많이 흘렀나 보구나. 나는 방주가 되고, 위진이 그놈은 청룡검주가 되고, 너는……. 그런데 너, 여기는 왜 온 거냐?"

"인사가 늦었습니다. 잠룡관 수석 교두 남궁철우가 방주님께 인사 올립니다."

"수석 교두?"

방하군의 의외라는 눈빛에 남궁철우가 쓴웃음을 지었다.

잠룡관 동기인 남궁위진은 청룡검주가 되었는데, 그는 고작 수석 교두였다. 그의 진신 무력이라면 총교두를 맡아도 부족함이 없으나, 가주의 밀명은 지엄했다.

남궁철우는 표정을 고치고는 남궁훈을 소개했다.

"총교두 남궁훈 대협이십니다."

"남궁훈이오."

청수한 인상의 남궁훈이 정중히 포권을 취했다.

방하군의 눈에 이채가 떠올랐다.

'역시 남궁가인가?'

남궁훈이라는 이름은 처음 들어보지만, 웅휘로운 그의 기도
는 참도방주인 자신과 비교해도 조금도 뒤쳐지지 않았다. 방
하군이 마주 포권을 취하며 말했다.

"참도방을 맡고 있는 방하군입니다. 여기서 이럴 게 아니라
안으로 들어가십시다."

참도방에서 준비한 환영식이 모두 끝난 뒤에야 수련생들은
해경각으로 안내되었다.

해경각은 대대로 잠룡관 수련생들의 숙소로 사용되었는데,
일 층과 이 층은 칠십육 기 선배들이 사용하고 있었다. 팔대세
가 후기지수들의 친선비무대회인 천룡대전에 참석하기 위해
자리를 비워 한동안 마주칠 일은 없겠지만……

방은 이인 일실로 연후는 무외와 같은 방을 배정받았다.

삼 층 구석에 위치한 방은 좁지만 정갈했다. 벽 쪽의 두 침
상과 중앙의 탁자. 방을 한번 스윽 둘러본 연후는 침상에 봇짐
을 내려놓고 창가로 걸어갔다.

창문을 열자 비릿한 바다내음이 들어왔다.

십여 척의 배가 정박해 있는 대진포와 끝없이 펼쳐진 광활

한 쪽빛 바다.

그 장대한 물결 너머로 남색 음영의 섬들이 보였다.

검후(劍后)의 대지이며 신비지문 봉황문(鳳凰門)이 자리한 주산군도였다.

'할아버지!'

바다를 보니 할아버지가 떠올랐다.

붉은 석양에 물든 바다를 보며 자신의 손을 꼬옥 잡아주던 할아버지.

이제는 추억이다.

"연후야, 이 할애비를 위해 웃어주지 않겠니?"

바위에 부서지는 파도소리처럼 기억 속 할아버지의 음성이 아련하다.

연후는 울컥했다.

하지만 눈물을 억누르며 말간 웃음을 지었다.

'할아버지, 이제 저 안 울어요.'

연후는 마음을 진정시키며 먼 곳을 응시하느라 가늘게 뜬 눈을 풀며 아래를 내려다보았다.

매서운 추위에도 아랑곳하지 않고 웃통을 벗은 채로 무공을 연련하는 참도방 무인들이 보였다. 그들의 단단한 상체에는 크고 작은 상처들이 여기저기 나 있었는데, 흉흉한 격전의 흔적이었다.

연후가 무외를 돌아보며 말했다.

"너는… 죽지마라."

"응?"

"너에게 무슨 비밀이 있든, 그걸 지키려다 죽지 마라. 그건
개죽음이니까."

속에다 묻어둔 이야기.

하지만 연후는 잊지 않고 있었다.

적무외라는 이름.

그리고 지옥의 겁화처럼 뜨겁고 위험한 기운!

맹수처럼 흉포한 그 붉은 기운은 그가 아는 무외와는 어울
리는 않는 것이었다.

무외는 당황하여 어쩔 줄 모르는 표정이었다.

'지금이라도 말해야 하나?'

무외의 생각을 읽은 듯 연후가 담담히 입을 열었다.

"고민하지 마라. 너의 비밀 한둘쯤 몰라도 우리가 친구가 아
닌 건 아니니."

"내, 내가 지금 잘못들은 거 아니지? 친구, 친구라고 말한 거
지?"

격정에 떨리는 목소리.

무외의 커다란 눈동자에 눈물이 맺혔다.

"울지 마라. 남자가 우는 것만큼 꼴사나운 건 없다."

"헤헤, 안 울어."

무외가 급히 눈물을 닦으며 환하게 웃었다.

"고마워. 친구라고 말해줘서."

가슴을 먹먹하게 만드는 무외의 말에 연후가 몸을 홱 돌렸다. 그리고 창밖을 응시하며 말했다.

"나도… 고맙다."

연후의 목소리도 살짝 떨리고 있었다.

＊　　　＊　　　＊

연후를 비롯한 마흔 명의 수련생은 홍의대(紅衣隊)에 배치되었다.

참도방의 조직체계는 크게 타격대와 수색대로 나뉘는데, 홍의대는 흑의대와 황의대와 함께 타격대에 속해 있었다.

"만나서 반갑다. 내 이름은 갈문엽, 앞으로 삼 년 동안 너희의 목숨을 책임질 대장이다."

홍의대주 갈문엽은 올해 마흔으로 근육질의 단단한 인상의 소유자였다.

"그러니 무조건 내 말에 따라라. 뒈지기 싫으면……!"

맹수의 날카로운 발톱이 무자비하게 훑고 지나간 듯한 얼굴에 난 세 줄기 흉터가 말을 할 때마다 흉측하게 꿈틀거리며 위압적인 분위기를 연출했다.

얼굴에 난 흉터와 험악한 말투에 위축된 수련생들은 긴장한 기색이 역력했다.

"여기서 수영할 줄 아는 놈?"

갈문엽의 호통에 가까운 물음에 수련생 전원이 손을 들었다. 백암폭포에서 물장구를 치며 체득한 수영이었다.

갈문엽이 피식 웃었다.

"지금부로 뭍에서 익힌 자맥질 따위는 잊어라. 바다에서 어설프게 물장구치다가는 뒈지기 딱 좋으니."

갈문엽은 중얼거리다 아직도 팔을 들고 있는 몇몇 수련생을 보며 미간을 찌푸렸다.

눈치 없는 놈이 정확히 일곱이었다.

"팔 안 아프냐?"

"넷! 하나도 아프지 않습니다."

힘차게 대답하다 주변을 둘러보고는 슬그머니 팔을 내린다. 갈문엽은 일곱 놈을 한차례 노려본 뒤, 입을 열었다.

"머리 나쁜 건 이해한다. 하지만 눈치 없는 놈은⋯⋯. 용서받기를 기대하지 마라!"

꿀꺽 침을 삼키는 소리들이 곳곳에서 나왔다. 갈문엽은 웃음기 하나 없는 얼굴로 말했다.

"앞으로 너희는 수공, 궁술, 비도술, 군진, 가상해전 등을 배우고 경험하게 될 것이다. 길어야 반년 뒤, 너희는 전투에 참가하게 될 것이다!"

전투라는 단어에 공기가 시위를 먹인 활처럼 팽팽하게 당겨졌다. 두 눈에 떠올라 있는 긴장감은 여전하나 적어도 겁을 먹은 녀석은 없어 보였다.

갈문엽의 입가에 만족스러운 미소가 떠올랐다.

"부대주! 예약해."

"회식입니까?"

홍의대 부대주 고평수가 반색하며 물었다.

"그래. 부대주는 가서 천수 형님께 화주 스무 동이 준비해 놓으라고 해라."

"계산은 당연히?"

갈문엽은 대답하지 않고 먼 바다를 응시했다.

"수전노!"

"방금 뭐라고 했나?"

"아닙니다. 이번 회식 역시 대원들의 쌈짓돈 털어 해결하겠습니다. 그러니 대주님은 걱정하실 거 하나 없습니다."

"그럼, 그렇게 하도록."

"…네에. 그렇게 하도록 하겠습니다."

고평수의 원망 어린 시선에도 갈문엽은 당당했다.

집에 돌아가도 반겨주는 이 하나 없어 칙칙한 사내놈들과 대작이나 하는 신세 처량하기만 한데, 거기다 계산까지 하라고?

'매제만 아니었어도 넌 내 손에 죽었어!'

중년의 갈문엽.

그는 아직 총각이었다.

어디서 구해왔는지 고평수가 면사 세 장을 가지고 와 남궁조휘와 무외와 연후에게 내밀었다.

"이게 뭡니까?"

"보면 몰라? 면사잖아."

"그건 알고 있습니다. 그런데 규방의 여인네들이나 쓰는 이것을 왜 제게 주는 겁니까?"

"다수를 위한 거야. 그러니 군말 말고 써."

면사를 단호히 거부하는 남궁조휘와 달리 무외는 면사를 쓰는데 아무런 거부감도 보이지 않았다.

무외의 고운 얼굴이 면사에 가려지자 고평수가 만족스럽게 웃었다.

"그렇지. 바로 그거야!"

고평수의 간절한 눈빛에 남궁조휘가 고개를 돌렸다. 하지만 고평수는 서글서글한 외모와 달리 홍의대 최고의 독종이었다. 한번 물면 절대 놓지 않는 미친개라는 별명처럼 고평수는 남궁조휘를 물고서 놓아주지 않았다.

무언의 압박은 시간이 갈수록 강해졌다.

난감한 표정을 짓는 남궁조휘의 반듯한 이마에 땀방울이 하나둘씩 맺히기 시작했다.

"부탁이다."

결정적인 한 마디였다.

남궁조휘는 질렸다는 얼굴을 하며 면사를 받아 썼다. 남궁조휘의 조각 같은 얼굴이 면사에 가려지자 고평수가 만족스러운 미소를 지었다.

그러다 여전히 면사를 쓰지 않고 있는 연후를 보며 인상을 와락 썼다.

"뭐하냐, 얼른 면사를 쓰지 않고?"

"싫습니다."

"뭐어?"

"면사를 쓰기 싫다고 했습니다."

촤아악!

연후는 그렇게 대답하며 면사를 갈가리 찢어버렸다.

연후의 단호한 의지에 고평수가 혀를 찼다.

"너 후회할 거다."

"그럴 일 없을 겁니다."

"과연 그럴까?"

고평수의 의미심장한 미소에 연후가 미간을 찌푸렸다.

대진포의 밤은 시끄럽고 분주했다.

배 타고 들어온 어부들이 허름한 술집에서 머리를 맞댄 채 낄낄거리며 음담패설을 늘어놓고 있으며, 또 한쪽에서는 이미 얼큰하게 취한 취객 몇이 멱살을 잡고 한데 뒤엉켜 땅바닥을 뒹굴고 있다.

골목을 두어 번 돌아 곧게 뻗은 대로에 접어들자 갈문엽을 비롯한 홍의대원들의 걸음이 느려졌다.

"거기 오빠들 잘해줄 테니까 좀만 쉬었다 가!"

"어머머, 오늘은 젊은 오빠들도 왔네!"

혈기를 자극하는 달짝지근한 목소리에 수련생들은 정신을

차리지 못했다.

'도대체 옷을 입은 거야, 안 입은 거야?'

매미의 날개처럼 투명한 옷 안으로 매끄러운 속살이 훤히 들여다보였다.

가히 충격적인 광경이었다.

눈을 휘둥그레 뜬 채 침을 꿀꺽 삼키는 수련생들을 보며 홍의대원들이 피식 웃었다.

"짜식들 귀엽네."

"나중에 엉아가 한번 데려가주마. 그러니 오늘은 눈요기로 만족해라."

홍의대원들의 말에 수련생들의 눈이 반짝였다.

그렇게 색주가에 진입한 지 얼마 되지 않아 일이 터졌다.

색주가의 음란한 불빛 아래 드러나는 연후의 마력적인 얼굴에 기녀들이 비명인지 교성인지 모를 기묘한 소리들을 내며 우르르 달려든 것이다. 기녀들의 굴곡진 몸이 눈앞에 어른거리고, 진한 사향 냄새가 후각을 마비시켰다.

부동심(不動心)의 소유자답지 않게 연후는 평정을 잃고 허둥거렸다.

너 후회할 거다, 라는 고평수의 말이 귓가에 아른거렸다.

어째서 고평수가 자신들에게 면사를 줬는지 그 이유를 알게 되었지만, 이미 늦은 뒤였다.

색주가를 어떻게 빠져나왔는지 기억이 나지 않을 정도로 악전고투를 벌였다. 하지만 장내의 누구도 연후를 원망하지 않왔다. 도리어 고맙다는 눈빛을 보내는 이들도 있었다.

그렇게 색주가를 빠져나와 반각 정도를 더 걷자 허름한 이층 목조 건물이 나타났다.

건물의 현판에는 천수객잔이라고 적혀져 있었다.

"형님, 우리 왔쑤다!"

갈문엽이 힘차게 문을 밀고 들어가자 안에서 퉁명스런 반응이 돌아왔다.

"알아 임마. 가서 술이나 처먹어."

장대한 기골에 산적처럼 덥수룩하게 수염을 기른 중년인. 그의 오른쪽 소매는 팔이 없어 힘없이 축 늘어져 있었다.

"형님도 참. 애들도 있는데……."

갈문엽의 투덜거림에 장천수가 가소롭다는 듯 턱수염을 쓰다듬었다. 지금은 비록 은퇴하여 천수객잔의 주인으로 있지만, 불과 몇 년 전만 해도 그는 갈문엽의 직속상관이었다.

"훗, 애들? 우리 문엽이 많이 컸구나?"

말려 올라가는 그의 입꼬리에 갈문엽이 움찔했다.

악즉참도(惡卽斬刀) 장천수.

왜구들은 물론 참도방 내에서도 공포의 대명사였던 그 이름을 잊어버리다니.

오른팔이 없어도 악즉참도는 여전히 악즉참도였다.

갈문엽이 어색하게 웃으며 손사래를 쳤다.

"하하, 형님. 농담입니다, 농담."

"그래에?"

"네! 말씀대로 가서 술이나 처먹겠습니다."

비굴함의 극치를 보여주고 있음에도 갈문엽은 당당했다. 그것은 그의 마지막 자존심이었다.

보무도 당당하게 탁자로 걸어가 의자에 털썩 앉는 갈문엽. 하지만 쪽은 이미 다 깐 뒤였다.

십 장 밖 나뭇잎 떨어지는 소리도 잡아내는 뛰어난 그의 청각에 남궁가 애송이들의 수군거림이 들렸다.

얼굴이 다 화끈거렸지만, 그는 짐짓 태연한 얼굴로 고평수에게 외쳤다.

"부대주! 이제 그만 회식 시작하지?"

홍의대원 백이십칠 명과 신입대원 마흔 명이 모두 자리에 착석하자 주방에서 화주와 안주가 나왔다. 그렇게 회식이 시작되었다.

"캬아! 좋다!"

타는 듯한 목 넘김과 나른하게 이완되는 몸. 입밖으로 나오는 건 실없는 웃음이고, 오고가는 잔 속에 정이 싹튼다.

"형님."

"왜 부르시나, 아우님."

"헤헤, 그냥 함 불러 봤습니다, 형님."

만난 지 불과 하루도 되지 않았는데 형님, 아우님 소리가 자연스럽게 나온다.

고작 화주 몇 잔에 분위기는 후끈 달아올랐다.

한쪽에서 호기롭게 웃통을 벗어젖힌 남궁대강이 우람한 근육을 자랑하며 팔씨름을 하고 있고, 그 옆에서 남궁명이 바쁘게 돈을 거둬들이고 있다. 남궁조휘는 낯빛 하나 바뀌지 않고 주는 술을 족족 받아 마시고 있으며, 연후는 홍의대원들의 음담패설을 안 듣는 척 고개를 반대쪽으로 돌렸지만, 귀는 활짝 열어놓고 있었다.

"흥, 매향이가 뭐 대수라고. 항주에 가면 매향이 정도는 널리고 널렸다고!"

매향이는 대진포에서 가장 유명한 기녀로 하룻밤 화대가 무려 은자 네 냥이었다. 그런데 이런 대단한 매향이가 항주에는 널려 있다고 한다.

충격에 빠진 부하들을 보며 고평수가 피식 웃었다.

"니들도 명월루는 들어봤지?"

"아!"

"천하제일루!"

부하들의 탄성에 가까운 외침에 고평수가 의기양양한 표정으로 말했다.

"훗, 매향이? 명월루의 침모도 아마 매향이보다 예쁠걸? 명월루는 그런 곳이야. 천하절색의 미인들이 보보마다 깔린 천하제일의 기루. 강호 설객들은 이런 명월루를 진시황의 아방궁에 비유하기도 하지."

"그래서 뭐요? 명월루에 들어가 보기라도 했다는 거요? 거긴 돈이 있다고 해서 들어갈 수 있는 곳이 아니라던데."

일 조장 범정의 말대로 명월루에 들어가려면 그에 걸맞은 명성이나 신분이 필요했다. 하지만 고평수의 이름은 절강 변두리에서나 조금 유명할 뿐, 명월루의 문턱을 넘기에는 턱없이 부족했다.

고평수가 의미심장한 미소를 지어보였다.

"정이, 자네는 명월루가 어떻게 하여 불과 오 년도 안 되는 짧은 시간에 천하제일루가 되었는지 아는가?"

"심통부봉(心通夫奉). 마음이 통하면 지아비로 섬긴다. 바로 이 규칙이 명월루를 천하제일루로 만든 거 아니오?"

"그렇지. 명월루는 단순한 기루가 아니지. 마음이 통하지 않으면 몸을 허락하지 않고, 한번 마음을 주면 그님을 위해 평생 정조를 지킨다고 하지. 천하십대도객의 일인인 한월도(寒月刀) 구현 대협은 명월루의 천지인 중 천원(天園)에 들었고, 그곳에서 천하재녀인 난화를 아내로 맞이했지."

"그래서 요점이 뭐요? 명월루의 기녀를 봤다는 거요, 못 봤다는 거요?"

장터처럼 왁자지껄하던 객잔은 어느새 쥐 죽은 듯 조용해져 있었다. 갈문엽마저 다가와 귀를 기울이고 있자 고평수가 못 이기는 척 입을 열었다.

"결론부터 이야기하자면 이 두 눈으로 똑똑히 봤다네. 너무나 아름다워 차마 이름을 물어보진 못했지만……."

"에이, 딱 보니 거짓말이네."

"어허, 거짓말이라니! 문이 어디 정문, 후문만 있다던가? 자고로 은밀히 움직이기에는 개구멍이 딱일세!"

"명월루의 기녀가 개구멍으로?"

범정의 반문에 고평수가 헛기침을 했다.

"험험, 개구멍이라고 하기에는 좀 크긴 했지만, 아무튼 열흘을 잠복한 끝에 그녀의 얼굴을 볼 수 있었다네."

"침모랑 착각한 거 아니우? 거기 침모는 매향이보다도 예쁘다면서요?"

"어허, 나를 뭐로 보고! 매향이하고는 급이 달라, 급이! 내 평생을 화류계에서 보냈지만, 그런 절색은 처음이었다네. 오발선빈, 운계무환, 아미청대, 명모류면, 주순호치, 옥지소비, 세요설부……."

"한마디로 끝내주는 미녀다?"

"그, 그렇지."

"하아, 누가 먹물 아니랄까봐. 오발선빈, 운계무환? 쳇, 상상이 안 되잖아. 상상이!"

범정의 투덜거림에 동조하듯 장내의 모두가 고개를 끄덕이며 그에게 실망의 눈빛을 보냈다.

부하들의 예상치 못한 반응에 고평수는 말로 표현할 수 없는 배신감을 느꼈지만, 갈문엽의 살벌한 눈빛에 아무 말도 하지 못하고 고개 숙인 채 술잔만 비웠다.

술자리가 무르익자 갈문엽이 객잔 중앙으로 뚜벅뚜벅 걸어 나왔다.

"모두 주목!"

쩌렁쩌렁한 목소리에 장내의 모두가 움직임을 멈추고 갈문엽을 쳐다보았다. 갈문엽은 품에서 은자 한 냥을 꺼내 탁자 위에 탁 소리 나게 내려놓았다.

"석칠!"

"네, 대주님!"

이십대 후반의 단단한 체격의 남자가 갈문엽의 호명에 자리에서 일어났다.

"앞으로 나오도록!"

석칠이 객잔 중앙으로 나오자 갈문엽이 신입대원들을 보며 말했다.

"남궁가 애송이들은 들어라! 네놈 중에 여기 있는 석칠을 이기는 녀석에게 은자 한 냥을 주겠다."

"신고식인가요?"

남궁명이 작은 눈을 반짝이며 물었다.

"눈치가 빠른 녀석이군. 그렇다. 은자 한 냥이 걸려 있는 이 비무는 네놈들의 오만을 박살 내기 위해 계획된 것이다."

"그렇다면 석칠 선배님은 굉장히 강하신 분이겠군요?"

"강하기야 하지. 네놈들보다는……."

갈문엽의 말에 기존의 홍의대원들이 배를 잡고 웃었다.

"푸하하하! 칠이가 굉장히 강하면, 나는 굉장히 굉장히 강한 고수인 건가?"

"칠이야, 너 우리 몰래 영약이라도 먹었냐?"

"형님들도 참. 애들이 뭘 몰라서 하는 말에 뭘 그리 웃습니까? 애들 무안하게."

신입대원들의 얼굴은 터지기 직전의 홍시처럼 벌겋게 상기되어 있었다. 때리는 시어머니보다 말리는 시누이가 더 밉다는 말이 있듯이 석칠을 노려보는 눈빛들이 흉흉했다.

하지만 연후는 자신과는 상관없는 일이라는 듯 조금도 흥분하지 않았는데, 그의 관심은 온통 화주에 쏠려 있었다. 이미 적지 않은 양의 술을 혼자서 먹어치웠지만, 그는 여전히 술이 고팠다.

한 손을 들어 장내를 진정시킨 갈문엽이 '어디 네 녀석이 나서 볼 테냐?'라는 눈빛으로 남궁명의 작은 눈을 직시했다. 그러나 남궁명은 빙그레 웃으며 고개를 저었다.

"소 잡는 칼로 닭 잡는 우를 범할 순 없잖아요. 닭 잡는 데는 닭 잡는 칼을 써야지요."

"한 방 제대로 먹었군."

"제 특기가 원래 그거예요. 물론 무공에도 꽤 재능이 있긴 하지만. 시답잖은 소리는 여기까지 하도록 하고. 연후야! 너라면 한번 해볼 만할 거야."

술잔을 입으로 가지고 가던 연후의 움직임이 멈췄다.

백육십여 쌍의 호기심과 기대감 어린 눈동자들이 그를 응시하고 있었다.

갑자기 술맛이 뚝 떨어졌다.

이런 상황을 얼마 전에도 겪었기 때문이다.

'영악한 놈!'

닭 잡는 칼 어쩌고 하더니 범 잡는 칼을 빼드는 남궁명이다. 그런데 문득 의문이 든다. 대주와 선임들에게 제대로 한 방 먹이려면 자신보다는 남궁조휘가 더 확실할 텐데 말이다.

연후는 고개를 돌려 남궁조휘가 앉아 있는 탁자 쪽을 쳐다보았다.

그와 동시에 그의 얼굴이 살짝 일그러졌다. 남궁조휘는 탁자에 이마를 박은 채로 뻗어 있었던 것이다.

최선이 아닌 차선인 것이다.

연후의 굴욕이었다.

연후는 천천히 술잔을 비웠다. 술은 썼다. 그의 마음처럼.

'마음에 들지는 않지만……'

무외가 얼른 일어나라고 그의 옆구리를 쿡쿡 찌른다.

모두의 시선이 집중되는 가운데 연후가 자리에서 일어났다. 그는 탁자에 이마를 박은 채로 뻗어 있는 남궁조휘의 뒤통수를 강하게 후려갈긴 뒤, 객잔 중앙으로 걸어 나왔다.

"닭 잡는 칼 치고는 꽤 날카롭군."

갈문엽은 연후의 예리한 기세에 어쩌면 석칠이 질지도 모르겠다는 생각을 하며 뒤로 물러났다.

객잔 중앙에서 대치하는 두 남자. 주변의 탁자들을 치워 공간은 충분했다.

"남궁연후입니다."

"석칠이다."

포권을 취하며 간단히 인사를 나눈 두 남자가 간격을 벌리며 자세를 잡았다.

"덤벼라!"

강호의 예법에 따라 선공을 양보하는 석칠.

하지만 그것은 그의 실수였다.

탕!

진각을 밟는 것과 동시에 석칠의 품으로 뛰어드는 연후.

너무나 빠른 움직임에 석칠은 순간 당황했다.

하지만 그는 실전으로 단련된 무인.

후퇴보다 전진을 선택한다.

후웅!

복부를 노리는 정권을 스치듯 피하며 몸을 반전했다.

어깨가 부딪칠 정도로 근접한 거리.

단단한 팔꿈치가 짧은 호선을 그리며 연후의 관자놀이를 후려쳤다. 하지만 연후는 예상이라도 했다는 듯한 발짝 뒤로 물러나며 석칠의 팔꿈치를 피했다.

그리고 다시 한 발 전진.

진각을 밟으며 석칠의 옆구리에 장심을 갖다 대었다.

파앙!

석칠의 몸이 한차례 들썩이더니 곧 실 끊어진 꼭두각시 인형처럼 무너졌다.

연후의 승리에 신입대원들이 일제히 함성을 터뜨렸다.

"와아아아—!"

탁자를 두드리며 승리의 함성을 내지르는 신입대원들을 보며 갈문엽은 입맛이 썼다. 부하들의 얼굴 역시 소태를 씹은 듯 잔뜩 일그러져 있었는데, 연후의 다음 행동이 그런 그들을 자극했다.

연후가 탁자 위의 은자를 가리키며 말했다.

"선배님들 중 저를 이기시는 분에게 이 돈을 드리겠습니다."

반응은 가히 폭발적이었다.

너도 나도 탁자를 밀치고 일어나 잔뜩 흥분한 얼굴로 목소리를 높였다. 하지만 연후는 혼자인데 반해 지원자는 백여 명이 넘다 보니 급기야 말나툼까지 벌어졌다.

"모두 동작 그만!"

우렁찬 목소리로 좌중을 진정시킨 갈문엽이 일조장 범정을 쳐다보았다.

"범정! 앞으로 나오도록!"

"네? 저 말입니까?"

범정의 얼굴에 당혹스러움이 떠올랐다.

당혹스럽기는 모두가 마찬가지. 다른 이도 아닌 투광대부(鬪狂大斧) 범정이라니.

일류의 끝자락에서 깨달음 하나만 얻으면 절정을 밟을 수 있는 범정은 석칠과는 차원이 다른 강자였다. 이거야말로 소 잡는 칼로 닭 잡는 격이었다. 모두의 이러한 심정을 대신하여 고평수가 물었다.

"대주님 혹시 취하셨습니까?"

갈문엽은 대답 대신 고평수의 정강이를 강하게 걷어찼다.

"으윽!"

갈문엽은 정강이를 부여잡고 동동거리는 고평수를 한차례 노려본 뒤, 범정을 향해 살벌한 눈빛을 보냈다.

"너도 지금 내가 취했다고 생각하나?"

"아, 아닙니다."

갈문엽은 황급히 고개를 젓는 범정에게 진지한 어조로 전음을 보냈다.

[네가 무슨 생각을 하는지 알고 있다. 솜털도 가시지 않은 꼬맹이와 드잡이하는 게 못마땅하겠지. 하지만 방심하지 마라. 나이는 어리나 녀석은 강하다!]

[대주님이 그리 말하실 정도라면, 이놈 진짜 물건이군요.]

[그래서 너를 지명한 것이다. 일반 평대원으로는 녀석을 감당할 수 없다.]

[후후후, 재미있군요.]

범정이 박박 민머리를 만지며 씨익 웃었다.

밥 먹는 것보다 싸움을 더 좋아하는 범정의 가슴에 불이 지펴진 것이다.

'괴물 같은 놈!'

방어를 한 팔이 욱신거렸다.

갈문엽의 말처럼 녀석의 무력은 일반 평대원의 수준을 넘어

서고 있었다.

녀석의 나이는 많아봐야 열일곱.

제아무리 남궁세가의 신공절학을 익혔다 하더라도 비정상
적인 무력이었다.

하지만 녀석은 아직 실전 경험이 없다. 나이에 걸맞지 않은
대단한 무력을 지녔다 하나 실전을 경험하지 않은 녀석은 풋
내 나는 애송이일 뿐이다.

'지금부터는 실전이라고 생각하고 상대해 주마!'

범정의 기세가 일변했다.

범정의 전신에서 뿜어져 나오는 강렬한 살기에 연후는 한순
간 숨이 턱 하고 막혔다. 범정은 연후의 집중력이 흩어지는 그
짧은 순간을 놓치지 않았다.

파아앗!

한 올의 감정도 담기지 않은 강철처럼 단단한 두 손가락이
연후의 눈을 노렸다.

범정은 진심이었다.

연후의 눈을 터뜨릴 생각인 것이다.

잠룡대전으로 적잖은 비무 경험을 쌓은 연후였지만, 이렇듯
독랄한 공격은 처음이었다. 범정의 예상대로 연후의 반응은
전보다 반 박자 늦었다.

범정의 살기에 집중력이 흩어진 상태에서 난생 처음 경험하
는 독랄한 손속에 당황한 결과였다.

범정의 손가락이 그의 눈을 꿰뚫기 직전, 연후는 반사적으

로 철판교를 펼쳤다.

철판이 넘어지듯 꼿꼿한 자세로 뒤로 넘어가는 연후의 머리 위로 범정의 굵고 단단한 손가락이 휙 지나갔다. 안도의 한숨도 잠시, 연후는 바닥을 발로 차며 뒤로 몸을 날렸다.

"어딜!"

범정이 빠르게 따라붙으며 그의 얼굴을 후려 찼다. 연후는 황급히 두 팔을 교차하여 얼굴을 막았다.

쾅!

연후의 몸이 허공에 붕 떠오르더니 이내 탁자를 부수며 바닥에 떨어졌다.

정신을 차리려고 고개를 흔드는 연후를 향해 범정이 마치 약 올리듯 장난스런 말투로 말했다.

"어이, 애송이! 설마 이렇게 끝나는 건 아니겠지?"

"당연히 아직 끝나지 않았습니다!"

자리에서 벌떡 일어난 연후가 바닥을 박차고 뛰어올랐다. 야조처럼 비상한 연후의 발뒤꿈치가 범정의 머리를 내려찍었다. 범정이 뒤로 물러나며 피하자 연후는 착지와 동시에 다시 땅을 박찼다.

파파팟!

연후는 조금 전의 손해를 만회하려는 듯 지니고 있는 모든 무공을 활용하여 범정을 몰아붙였다. 선천지기가 전신 대맥과 소맥을 휘돌며 풍비각, 구벽신권, 삼합지, 한령신조, 낙운장을 온몸으로 구현했다.

연원보를 바탕으로 펼쳐지는 연후의 변화무쌍한 공격에 백전의 무인인 범정도 당황한 기색이 역력했다.

가히 폭풍 같은 기세!

쉼없이 휘몰아치는 공격에 방어만으로도 기진맥진이다.

실전에서 갈고 닦은 살기와 독랄한 수법도 연후에게는 더 이상 통하지 않았다.

진정 괴물 같은 적응력이었다.

'제길! 월부만 내 손에 있었어도 이런 수모는 당하지 않았을 텐데……'

투광대부라는 명호처럼 그의 독문무공은 부법이었다.

물론 박투에도 조예가 깊은 범정이었지만, 그의 진정한 무력은 월부를 들었을 때 나타난다.

월부의 묵직한 무게감이 새삼 그리운 범정이었다.

범정의 상념은 길게 이어지지 않았다.

"크윽!"

구벽신권에 왼쪽 어깨를 격타 당한 범정이 신음을 터뜨리며 휘청거렸다.

그와 동시에 연후의 오른다리가 솟구쳤다.

쌔액!

다급히 왼팔을 들어 막아 보지만, 방금 전의 일격으로 팔이 올라가지 않았다.

빠각!

관자놀이에 가해지는 강력한 충격에 범정의 의식이 단번에 끊어졌다.

쿵!

패배를 알리는 묵직한 울림.

기존의 대원들이 넋 나간 얼굴로 객잔 바닥에 쓰러져 있는 범정을 쳐다보았다. 신입대원들은 무거운 분위기에 침묵했지만, 입가엔 히죽히죽 웃음이 떠올라 있었다.

얼마 뒤.

정신을 차린 범정이 월부를 들고 와 재비무를 요구했지만, 연후는 피곤하다는 이유로 거절했다.

第八章　전투(戰鬪)

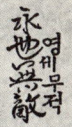

거리는 약 삼백 보.

바람은 해안지역 특유의 강풍이고, 얼굴선을 따라 옆으로 흘러내린 머리카락이 해풍에 심하게 흩날렸다.

그러나 그의 눈은 과녁을 차분히 응시하고 있었다.

몸을 곧게 펴고 기력을 하문에 모은 뒤, 천천히 활을 들어 올렸다. 그리고 몸과 활과 과녁이 일체가 되는 순간, 호흡과 움직임을 멈췄다.

의식이 침잠하고, 집중력이 최고조에 이르자 과녁의 정곡(正鵠)이 두 눈에 커다랗게 확대되었다.

'바로 지금!'

본능이 발하는 외침에 살짝 뿌리듯이 살을 밀어냈다.

피이잉―!

시위를 떠난 화살이 과녁을 관통했다.

과녁의 정곡을 정확히 꿰뚫은 화살의 하얀 깃이 힘을 주체하지 못하고 파르르 떨었다. 연후는 멈췄던 숨을 천천히 내뱉으며 활을 내렸다.

"휘유, 대단한데?"

옆집 아저씨같이 푸근한 인상의 남자가 감탄을 터뜨렸다.

남자의 이름은 담청.

참도방 십대고수 중 일인으로 홍의대 신입대원들에게 궁술을 가르치고 있었다. 연후가 무표정한 얼굴로 담청을 쳐다보았다.

"제게 하실 말씀 없으십니까?"

"뭐, 과제도 완수했으니 더는 궁술 훈련에 참석하지 않아도 돼. 그런데 넌, 그렇게 궁술이 재미없냐?"

담청의 얼굴에는 섭섭한 기색이 역력했다.

훈련 초기, 담청은 연후의 재능을 단번에 알아차렸다.

남궁가의 진신절학을 전수받은 기재들답게 다른 신입대원들의 성장 속도도 꽤 빠른 편이기는 했지만, 연후는 그들에게 없는 뭔가를 가지고 있었다.

당시 그는 연후에게 이런 질문을 했었다.

"너 혹시 바람이 보여?"

연후는 이렇게 대답했다.

"인간의 눈으로는 바람을 볼 수 없습니다."

확실히 바보 같은 질문이었다.

'바람이 보여?' 라니. 하지만 어쨌든 바람은 보지 못해도 연후의 재능은 진짜였다.

불과 보름 만에 곡사(曲射)와 속사(速射)를 완성했고, 그로부터 다시 보름 뒤 연사(連射)에 성공했다. 그렇게 놀라운 속도로 성장하여 지금은 참도방에서도 손에 꼽히는 실력의 궁사가 되어 있었다.

'정말 아깝단 말이야.'

일취월장하는 연후를 볼 때마다 자꾸만 욕심이 생겼다.

지금과 같은 속도로 발전한다면 절강제일궁으로 불리는 자신을 이삼 년 안에 따라잡을 것이다. 가문의 비기를 전수한다면 그 기간은 대폭 줄어들 것이고, 넉넉잡아 십 년이면 천하제일궁이 될 것이다. 하지만 연후는 검의 명문인 남궁가의 인물이다. 궁술은 그에게 검을 보조하는 보조무공일 뿐이다.

아쉽지만 포기하는 것이 옳다. 솔직히 말하면 가문의 비기를 제외하면 더 이상 가르칠 것도 없었다.

"…않습니다."

"응? 방금 뭐라고 했어?"

잠시 상념에 빠져 앞부분을 듣지 못했다. 연후가 잠시 망설이다 입을 열었다.

"싫지는 않다고 했습니다."

"그런데 왜?"

"저에게는 궁술 훈련에 시간을 낭비할 여유가 없습니다."

"혹시 조휘 때문에 그러느냐?"

남궁조휘와 연후의 관계는 참도방에서도 유명했다.

천재와 괴물.

천부의 재능을 지닌 두 사람이 비무를 벌일 때마다 무를 숭앙하는 참도방답게 최소 백여 명의 관중이 모였다.

연후가 담담히 대답했다.

"조휘와 전혀 관계가 없는 건 아니지만, 개인적으로 할 일이 있습니다. 그럼, 이만 가보겠습니다."

담청은 바삐 걸음을 옮기는 연후를 보며 속으로 중얼거렸다.

'천재라는 족속들은 원래 다 저런가?'

만족하지 않고 끊임없이 탐욕스러운, 그래서 범인은 감히 따라갈 엄두도 내지 못하는 경외와 절망의 존재.

남궁조휘가 천재라면 연후 역시 천재라는 족속이었다.

고작 한 달 만에 바다에서 평생을 보낸 참도방 무인들의 수공을 능가했고, 열두 자루 비도를 스무 날 남짓 만에 수족처럼 바뤘다.

군진의 이해 역시 뛰어났고, 가상해전에서도 놀라운 활약을 보였다. 사실상 참도방에서는 더 이상 가르칠 게 없었다.

상념에서 깨어나 전방을 보자 어느새 연후의 모습은 보이지 않았다.

*　　　*　　　*

"지금 소공의 실력으로는 실전은 무리입니다."

남궁훈은 지금 잠룡관 총교두가 아닌 적룡대주 마릉으로서 말하고 있었다.

무외가 담담한 목소리로 반문했다.

"정말 그렇게 생각하나요?"

"하지만… 아닙니다."

남궁훈은 자신의 말을 곧바로 부정했다.

무외의 진실한 무공수위는 누구보다 자신이 가장 잘 알고 있었다.

무외의 진신무력은 최소 참도방 대주급.

잠룡관 역사상 가장 뛰어난 재능을 지녔다는 연후와 남궁조 휘를 능가하는 재능이었다.

"이제 그만 궁으로 돌아가시는 게 어떻겠습니까?"

"나는 돌아가지 않아요."

무외의 단호한 말에 남궁훈의 얼굴이 굳어졌다.

"지금 그 말씀은, 성궁이 아닌 남궁가를 선택하겠다는 뜻입니까?"

무외가 쓸쓸히 웃으며 고개를 저었다.

"내게는 선택권이 없어요. 그 어느 쪽도 나를 원하지 않는데, 내가 무슨 권리로 한쪽을 선택하여 괜한 분란을 일으킨단 말인가요?"

무외의 아픔이 절절히 전해져 가슴이 욱신거렸다.

친가와 외가 양쪽 어디에서도 환영받지 못하는 존재인 무외의 처지가 그는 가련하고 불쌍했다.

"제가 소공을 원합니다. 그래도 안 되겠습니까?"

남궁훈의 진심 어린 말에 무외는 힘없이 웃어 보이며 자리에서 일어났다.

"고맙지만 그 마음만 받을게요."

"소공!"

무외는 남궁훈의 외침을 못 들은 척 뒤도 돌아보지 않고 방을 나갔다.

동쪽 하늘에서 붉은 태양이 떠오르고 있었다.

                    *   *   *

연후는 평소와 다름없이 인시에 일어나 어두컴컴한 연무장에서 몸을 풀고 있었다.

쉬익! 팡팡!

가볍게 팔과 다리를 내지르던 연후는 몸이 풀리자 본격적으로 무공을 펼치기 시작했다.

파파파파파!

하문의 선천지기가 일어나 전신 대맥과 소맥을 맹렬히 휘돌았다.

그 거대한 흐름은 끊어지지 않고 도도하게 이어졌으니, 무위는 천도를 구하고, 천도에는 한계가 없음이다.

연후는 범정과의 비무를 떠올렸다.

월부를 든 범정은 전보다 최소 두 배는 강했다.

연후는 백여 초 만에 패배를 인정했는데, 그날 이후 보름에 한 번씩 범정과 비무를 벌이며 무공을 연마한 결과, 이제는 패(敗)와 승(勝)이 엇비슷했다.

연후는 범정 이외에도 여러 선임들과 비무를 벌였는데, 조장들을 제외한 일반 평대원들의 실력은 그리 뛰어난 편이 아니었다. 하지만 실전을 통하여 갈고닦은 선임들의 무공은 어딘가 매섭고 흉흉한 데가 있었다.

무공의 종류도 다양할 뿐더러, 백전의 경험인지 간혹 번뜩이는 섬광과도 같은 날카로운 일격을 가해오니 비무 내내 긴장의 끈을 놓을 수 없었다. 연후는 그들의 실전무공 중 쓸모 있는 수법들은 둔검식으로 하나씩 체득해 나갔다.

그에게 내력의 운용법은 필요 없었다.

그는 형에서 무(武)의 본령을 구현해 내는 자!

천도에는 한계가 없고, 대부분의 무공은 십팔 대맥의 틀을 벗어나지 못했다. 진보, 퇴보, 횡보에서 모든 경신술과 보법이 나오듯 무공의 근간에는 육체가 있었다.

그리고 대맥은 흐름의 큰 줄기를 형성하는 육체의 궤적.

연후는 은검구무를 체득하며 십팔 대맥을 이루었으며, 선임들의 무공을 통해 십여 개의 소맥을 더 늘렸다.

약 한 시진 동안 전력을 다해 은검구무를 펼치던 연후가 돌연 착검하며 호흡을 가다듬었다.

천도무극공 특유의 호흡법인 긴 날숨을 행하며 의식을 침잠시키자 내부로 가라앉았던 선천지기가 빈 항아리에 물이 차오르듯 하문을 채워 나갔다.

일각만에 선천지기가 모두 회복되었지만 연후는 천도무극공을 계속 운용했다.

얼마나 시간이 지났을까?

하문의 선천지기가 부글부글 끓어오르더니 굉장한 고열이 발생되었다. 연후의 온몸이 순식간에 땀으로 범벅이 되었다.

금단의 전조였다.

연후는 당황하지 않고 고열을 일으키는 선천지기에 의식을 집중시켰다. 그렇게 일각이 지나자 부글부글 끓던 선천지기가 원래대로 돌아왔다.

'이번에도 실패인가?'

벌써 몇 달째 금단을 이루는데 실패했다. 하지만 연후는 조금도 실망하지 않았다.

'할아버지께서는 정성을 다하면 금단을 이룰 수 있을 거라고 하셨어.'

연후는 할아버지의 말을 믿었다. 그래서 그는 조바심을 내지 않고 꾸준히 정성을 다할 수 있었다.

연후는 짧게 숨을 내뱉으며 눈을 떴다. 어느새 금단을 머릿속에서 지운 그는 진지한 눈으로 검 자루에 손을 갖다 대었다.

발검을 준비하는 연후.

그의 검은 눈동자가 아득히 깊어지며, 묘한 긴장감이 주변으로 확산되었다.

 '금단을 이루는 건 실패했지만, 이것만큼은 반드시 성공한다!'

전방을 노려보는 그의 눈에 결연한 의지가 떠올랐다.

창궁과 묵암의 융합!

창궁과 묵암을 하나의 흐름 안에 녹이는 것을 합일이라고 한다면 융합은 그것을 뛰어넘는 패력(覇力)을 낳는다.

연후가 패력을 구하는 이유는 간단했다.

남궁조휘를 꺾기 위함이다.

동곡을 나온 이래, 연후는 틈만 나면 남궁조휘와 비무를 벌였다.

지난 팔 개월간의 총 전적은 사십오 승 삼십팔 무 오십구 패.

연후의 열세였다.

특히 최근 두 달간의 전적을 보면 승보다 패가 많았는데, 창궁무애검과 무한보가 그 원흉이었다.

창궁무애검과 무한보는 금검무사, 즉 청룡검수들에게만 특별히 공개되는 비전절학으로 묵암굉천검과 함께 금검팔무(金劍八武)에 속해 있었다.

원래부터 창궁무애검과 무한보를 익히고는 있었지만, 얼마 전에 큰 깨달음을 얻었는지 남궁조휘의 무력이 급상승했다.

그에 반해 자신은 선천지기와 함께 완만한 성장을 하고 있었다. 그것이 마음에 들지 않는 연후였다.

육도는 그 자체만으로 완전한 형태를 이루고 있으며, 깨달음의 무학이 아닌 본연의 몸짓이라 홀로는 성장이 불가능했다. 하지만 연후는 그것을 육도의 한계라고 생각하지 않았다. 융합이라는 단초를 발견했기 때문이다.

창궁과 묵암의 융합은 연후에게 큰 도약의 발판이 될 것이다. 연후는 그렇게 확신하며 창궁과 묵암의 융합에 도전했다.

연후는 전과는 다른 방식을 택했다.

이전에는 무공의 형에서 본령을 구현해 냈다면, 이번에는 본령에서 형을 구현할 생각이었다.

'내가 원하는 것은 창궁과 묵암의 본질!'

쾌(快)와 중(重)이다.

두 무공을 융합하기로 마음먹은 뒤, 연후가 가장 먼저 한 일은 창궁과 묵암의 육도를 분석하는 것이었다.

육도는 말 그대로 힘의 이동경로.

곧 본령이었다.

한 달 내내 창궁과 묵암의 육도만 들여다보자 연후는 자연 그 원리를 깨닫게 되었다.

육도는 육체에 각인된 하나의 길.

무성(無性)의 선천지기는 이 길을 거치면서 성질이 변하게 되는데, 창궁은 쾌를, 묵암은 중을 하얀 백지에 덮씌웠다. 하지만 길 전체로 보면 쾌와 중을 덮씌우고 힘을 증폭시키는 부분은 고작 몇 구간에 불과했다.

연후는 선천지기의 성질을 변하게 만들고 힘을 증폭시키는 이 구간을 혈(穴)이라고 명명했는데, 창궁은 혈이 다섯이며 묵암은 일곱이었다.

연후의 머리에 떠오른 것은 쾌와 중의 중첩(重疊)이었다.

창궁의 혈과 묵암의 혈을 하나의 육도 안에 녹인다.

이것이야말로 진정한 융합이었다.

연후는 즉시 확인 만에 들어갔다.

창궁과 묵암의 혈을 각각 하나씩 하나의 육도 안에 두고 선천지기를 운용했다.

결과는 적잖이 만족스러웠다.

위력만 놓고 본다면 창궁십이검이나 묵암팔검에 많이 못 미치지만, 어쨌든 그 검은 창궁의 날카로움과 묵암의 묵직함을 두루 갖추고 있었다.

연후는 신중하게 하나씩 혈을 더해갔다.

하나의 혈이 늘어날 때마다 육도는 몇 배로 복잡해졌는데, 그에 따라 체음도 미세하게 바뀌었다. 거기다 중첩되는 혈이 많아지면서 그 힘 역시 갑절로 강해져 근육이 찢어지고 뒤틀리기가 일쑤였다.

때때로 피를 토하기도 해 깜짝 놀라기도 했다. 그렇게 한 달을 보낸 지금 이곳에 연후는 서 있었다.

마지막 열두 번째 혈을 중첩하기 위함이다.

쿠웅!

연후는 강하게 진각을 밟았다.

발바닥을 통해 유입되는 지력에 하문의 선천지기가 깨어나 육도를 질주한다.

몸의 호흡인 체음이 이를 보조하고 혈과 혈을 이동하며 쾌와 중의 성질이 연이어 선천지기에 중첩된다. 태산의 장대한 물결처럼 한없이 융기한 근육 위로 응집된 힘이 단번에 폭발하듯 막대한 기세가 뿜어져 나온다.

파아아아아!

천도의 무상(無上)에 서서히 깨어나는 전능의 패력(覇力)!

일곱 번의 중첩에 은검의 검공을 뛰어넘고, 열 번의 중첩에 금검의 검공에 도달한다.

우드득, 우득!

열 개의 혈을 거치며 중첩되고 증폭된 거대한 힘에 육체가 견디지 못하고 삐거덕거린다.

연후는 고통을 참기 위해 이를 악물었다.

남은 혈은 이제 두 개!

팔꿈치 부근의 쾌의 혈과 손목 부근의 중의 혈이다.

끼리릭!

서서히 검집 밖으로 모습을 드러내는 은색 검신.

황하의 물줄기처럼 광포한 기운이 순식간에 두 혈을 지나쳐 검을 관통하는 순간,

콰아아아아!

격류가 뒤집히듯 굉렬한 검격이 폭발적으로 뻗어 나간다.

쾌와 중이 융합한 그것은 극에 달한 강(强)!

대기가 격렬히 요동치며 검역에 속한 모든 공간이 보철이 우그러들듯 굉음을 내며 뒤틀린다.

'성공했다!'

연후의 눈에 언뜻 희열이 떠올랐다.

하지만 그 순간,

콰아앙!

엄청난 반발력에 그의 몸이 튕기듯 뒤로 날아갔다.

반대쪽으로 날아간 검이 바닥에 떨어지며 날카로운 음향이 적막한 연무장을 울렸다.

챙그랑!

팽개쳐지듯 연무장 바닥에 처박혀 한참 동안 미동도 않던 연후가 천천히 고개를 들었다.

그의 얼굴은 백지장처럼 창백했다. 내상을 입었는지 입가에 핏자국이 묻어 있었다.

'방금 전의 그건… 뭐였지?'

창궁과 묵암을 융합한 선천지기가 검을 관통하는 순간, 중문(中門)이 진동했다.

연후의 눈에 의문이 떠올랐다.

금단을 이루면 자연스럽게 중문이 열린다고 하니, 이것 역시 금단의 전조인가?

골똘히 고민하던 연후는 몸속에 한 올의 선천지기도 남아 있지 않은 것을 알고는 깜짝 놀랐다.

단 일격에 그 많던 선천지기가 모두 침잠한 것이다.

공간이 뒤틀리던 그 경이적인 위력을 생각하면 어느 정도 수긍이 가기도 한다.

하지만 역시나 문제는 텅 빈 하문이다.

단 일격에 기력을 모두 쏟아붓는 무공이라니. 뒤를 생각하지 않는 무식한 패공이다.

'중문의 개입이 없었으면 어땠을까?

두 무공의 융합에는 성공했지만 중문의 영향으로 마지막 순간, 제어에 실패했다.

당시 상황을 곰곰이 떠올리던 연후가 고개를 저었다.

열두 개의 혈이 중첩되는 그때, 하문에는 이미 한 올의 선천지기도 남아 있지 않았다.

지금 이대로라면 실전에서 쓰는 건 무리였다. 하지만 연후는 걱정하지 않았다.

앞으로 차차 개선해나가면 되기 때문이다.

연후는 상념을 접고 일단 기력부터 회복하기로 했다.

천도무극공의 구결을 속으로 암송하며 긴 날숨을 반복하자 텅 비었던 하문이 빠르게 채워졌다.

내상도 완전히 치유되어 몸을 움직이는데 아무런 불편함도 느낄 수 없었다.

엉덩이를 탁탁 털고 일어나 뒤를 돌아보자 남궁무외가 엄지손가락을 치켜세우고 있었다.

"무슨 의미냐, 그건?"

"네가 왕이라는 의미야."

"왕?"

"응, 왕처럼 대단하다는 뜻이지."

무외가 연후의 옆에 털썩 앉으며 계속 말했다.

"근데 그거 네가 만든 무공이야?"

"봤냐?"

무외가 고개를 끄덕였다. 원래 타인의 무공 수련을 보는 건 강호의 큰 금기지만, 연후와 무외는 크게 신경 쓰지 않았다.

"응, 위력이 대단하던데?"

"나쁘진 않지."

연후가 어깨를 으쓱 올렸다.

극단적으로 감정을 절제하는 연후였지만, 무외 앞에서만큼은 감정을 절제하지 않으려고 노력했다. 무외를 친구라고 생각하기 때문이다.

연후가 고개를 들어 동이 완전히 튼 하늘을 보았다.

"벌써 날이 밝았군."

"응. 오늘부터 많이 바빠질 거야."

"두렵지 않냐?"

"죽이는 거, 아님 죽는 거?"

연후는 의외라는 눈으로 무외를 쳐다보았다.

"마음을 단단히 먹었군."

"뭐, 그렇지. 오늘부터 실전에 투입되니까."

잠시 정적이 찾아왔다.

무외가 작지만 단호한 목소리로 말했다.

"있잖아. 나 죽지 않을 거야."

"응?"

"전에 네가 말했잖아. 나에게 무슨 비밀이 있든, 그걸 지키려다 죽지 말라고. 그건 개죽음이라고."

"아!"

"그 바보 같은 탄성은 뭐야? 설마 잊고 있었던 거야?"

"그, 그럴 리가!"

적잖이 당황했는지 냉정한 연후답지 않게 손까지 급히 저었다.

그때, 커다란 북소리가 들려왔다.

집합신호였다.

연후와 무외는 서둘러 방으로 돌아가 흉갑과 완갑과 열두 자루의 비도가 꼽혀 있는 붉은 혁대를 착용했다. 그리고 그 위에 붉은 장포를 걸친 뒤, 활과 화살통을 능숙하게 어깨에 걸쳐 메고 장검을 한손에 든 채 참도방 중앙에 위치한 대연무장으로 바삐 걸음을 옮겼다.

참도방 타격대의 전투무장을 갖춰 입은 백육십오 명의 무인과 간편한 청의경장을 입은 남궁가 일곱 교두의 잔에 술이 가득 채워졌다.

"비워라!"

참도방주 방하군의 외침에 일제히 잔을 비웠다.

그리고 다시 잔이 채워졌다.

"비워라!"

일사분란하게 잔을 비우는 백칠십이 명의 무인들.

대연무장 전체에 그윽하게 퍼지는 진한 주향을 가슴 깊숙이 들이마시며 방하군이 우렁찬 목소리로 외쳤다.

"마지막 잔은 돌아와서 비운다. 그러니 죽지 마라!"

방하군의 '죽지 마라!' 라는 말이 연후를 비롯한 신입대원들의 가슴에 묵직하게 박혔다.

한 시진 뒤, 전투함 홍룡(紅龍)이 물살을 가르며 출진했다.

절강 연해를 순찰하던 홍룡함이 갑자기 속도를 높였다. 저 멀리 연안 쪽에서 검은 연기가 올라오고 있었기 때문이다.

촤아아악!

물살을 가르며 쾌속하게 전진하는 전투함 홍룡.

그러나 홍룡함이 마을에 도착했을 때는 이미 모든 상황이 종료된 뒤였다.

왜구들은 홍룡함이 들이닥치기 전에 재빨리 철수한 뒤였고, 마을은 자욱한 연기를 일으키며 불타고 있었다.

한발 늦은 것이다.

거리 도처에 널브러져 있는 시체들…….

폐허로 변한 마을에 짙은 혈향과 매캐한 탄내가 진동했다.

연후는 그 참혹한 광경에 할 말을 잃어버렸다.

왜구들이 얼마나 잔혹한지, 약탈자들이 지나간 뒷자리가 얼마나 참혹한지 선임들에게 말은 많이 들었었지만, 듣는 것과 눈으로 직접 보는 것에는 큰 차이가 있었다.

"우욱! 우에에엑!"

몇몇 비위가 약한 신입대원이 허리를 숙이고 속에 있는 것을 게워냈다.

연후도 그 소리에 속이 메슥거렸다.

정신을 다른 곳으로 돌리기 위해 분주하게 움직이는 선임들을 보다 터벅터벅 걸음을 옮겼다. 정처 없이 거리를 걷던 그의 발이 우뚝 멈췄다.

완전히 전소되어버린 어느 집 앞에 한 여인이 죽어 있었다. 아이를 가슴에 꼬옥 품고서 거북이처럼 몸을 웅크린 여인의 등에 몇 개의 흉측한 자상이 나 있었다.

자식을 지키기 위해 등짝이 베어지는 고통마저 능히 감수하는 여인의 강한 모성애에 가슴속에서 뭔가가 울컥 올라왔다. 하지만 아이는 숨을 쉬지 않고 있었다. 여인이 그토록 지키려고 노력했던 아이도 결국 어미 따라 죽은 것이다.

"개새끼들!"

진심으로 분노한 연후가 욕지거리를 내뱉었다.

할아버지와 가장 행복한 시간을 보냈던 복건성 어촌마을, 그 추억의 장소가 왜구들의 손에 더럽혀진 듯한 기분에 연후의 전신에서 서늘한 살기가 뿜어져 나왔다. 하지만 이 분노를 풀 방도가 그에겐 없었다. 그는 마을을 이렇게 만든 왜구들의 꽁무니조차도 보지 못했던 것이다.

"빌어먹을!"

답답함에 나오는 것은 그저 욕지거리뿐이다.

그때, 얼음장처럼 차가운 목소리가 그의 정신을 일깨웠다.

"지금은 참고 인내할 때다."

홍의대주 갈문엽.

그의 얼굴에 난 세 줄기 흉터가 사납게 꿈틀거렸다.

"하지만 잊지 마라! 놈들의 손에 죽은 저 가련한 생명들을, 네가 지금 느끼고 있을 이 무력한 분노를!"

연후는 입술을 질끈 깨물었다.

그리고 커다란 구덩이에 매장되는 시체들을 보며 무겁게 고개를 끄덕였다.

'절대 잊지 않겠습니다. 저들의 죽음을, 나의 이 분노를!'

＊　　　＊　　　＊

망망대해(茫茫大海).

하늘과 물이 맞닿은 경계가 아득히 펼쳐진다.

바다는 평온했다. 한 신입대원이 선수갑판 끝에 서서 양 팔을 활짝 펼쳤다.

"와아, 우라지게도 평화롭구나!"

"그래서 좋냐?"

"아니, 지겨워 죽겠어."

지루하기 짝이 없는 일상이었다.

"이놈의 왜구들은 도대체 어디에 숨어 있는 거야? 배 타고 나올 때만 해도 금방 전투를 벌일 거 같더니. 이건 뭐……."

답답한 듯 두 신입대원이 한숨을 내쉬었다.

"하아!"

"땅 꺼지겠다, 이놈들아! 어린노무 자슥들이 뭔 걱정이 그리 많아 한숨을 쉬느냐?"

대머리에 장대한 체구의 남자, 홍의대 일 조장 범정이었다.

범정의 등장에 두 신입대원은 똥 밟았다는 표정을 지으며 뒤로 주춤 물러났다.

"어라? 그 뭐 밟은 듯한 표정은 뭐지?"

"아, 아닙니다!"

재빨리 표정을 고치는 신입대원들이 귀여운 듯 범정이 피식 웃었다.

"많이 심심하지?"

"아닙니다!"

"아니야. 몸이 막 근질거릴 거야. 그렇지?"

대답을 강요하는 물음.

범정의 특기였다.

두 신입대원은 좀 더 저항을 해보려다 무의미한 발악이 가져오는 폐해를 떠올리고는 힘없이 한숨을 쉬었다.

"하아, 듣고 보니 몸이 좀 근질거리긴 하네요."

"그렇지? 막 근질거리지?"

범정이 반색하며 팔십 근 대형도끼를 들어 올렸다.

같은 시각.

바다를 가로지른 전서구 한 마리가 갈문엽의 어깨에 내려앉았다. 갈문엽은 전서구 다리에 묶인 종이를 재빨리 풀어 그 안의 내용을 확인했다.

과영포. 상황 발생.

느긋하던 갈문엽의 안색이 일변했다.

갈문엽이 조타수를 향해 빠르고도 분명한 어조로 외쳤다.

"과영포! 전투다!"

왜구의 출현소식에 선원들이 분주히 움직였다.

전투요원인 홍의대원들도 무장을 모두 착용하고 선수갑판에 나와 대기하고 있었다.

이제부터는 시간 싸움이었다.

현재 과영포 인근에 수색대가 대기하고 있지만, 그들은 무슨 일이 있어도 전투에 참여하지 않을 것이다.

설령 과영포의 백성들이 왜구들에게 몰살당한다 하더라도.

애초에 전투를 벌일 인원과 실력도 되지 않을뿐더러 그들의 주 임무는 전투가 아닌 수색과 추적이기 때문이다.

만약 홍룡함이 도착하기 전에 왜구들이 모두 철수한다면 수색대는 해적선을 은밀히 추적할 것이다. 왜구들의 근거지를 알아내기 위함이다.

각 수색대에는 특수한 안법을 익힌 대원이 탑승해 있는데, 적의 근거지를 알아내기만 하면 단번에 왜구일당을 토벌할 수 있기에 대를 위해 소를 희생할 수밖에 없었다. 하지만 왜구들 역시 항상 추적을 경계하고 있어 역으로 함정에 빠져 당할 때도 있었다.

'이번에는 기필코!'

연후는 폐허가 된 어촌마을을 떠올리며 먼 바다를 노려보았다.

촤아악!

큰 물결을 일으키며 전진하는 홍룡함.

그 기세가 실로 대단하다.

하지만 연후의 얼굴은 잔뜩 찌푸려져 있었다.

지금 이 순간에도 왜구들의 손에 죽어나가고 있을 백성들이 뇌리에 떠오르자 도무지 가만히 있을 수가 없었다. 하지만 바다에서 그는 무력하기 짝이 없었다.

당장에라도 달려가 왜구들을 도륙하고 백성들을 구하고 싶지만, 현재 그가 할 수 있는 일이라곤 조금이라도 빨리 홍룡함이 과영포에 도착하게 해달라고 기도하는 것밖에 없었다.

적잖은 시간이 흘러 홍룡함이 과영포 근해에 접어들었다.

검은 연기에 휩싸인 과영포.

이미 늦었음인가.

아니다.

두 척의 중형 해적선이 철수를 준비하고 있었다.

갈문엽이 주먹을 불끈 쥐며 쩌렁쩌렁한 목소리로 외쳤다.

"전원 전투 준비! 이대로 돌진한다!"

맹렬한 기세로 돌진하는 홍룡함.

홍룡함을 발견한 왜구들이 허겁지겁 해적선에 승선했다.

"놈들이 출항하기 전에 친다! 강노 장전!"

"강노 장전!"

홍의대 오조원들이 힘차게 복명복창하며 강노에 쇠뇌를 장전했다.

한 번에 여러 대의 쇠뇌를 발사하는 강노.

일반적으로 강노는 군사무기였는데, 참도방 공방에서 특별 제작된 이 강노는 명 군대의 강노보다 족히 두 배는 뛰어난 사거리와 위력과 장전개수를 자랑했다.

이 층 갑판대에서 냉정한 눈으로 전방을 주시하던 갈문엽은 적의 배가 사정거리 안에 들어오자 차갑게 소리쳤다.

"발사!"

"발사!"

쌔애애애애액!

발사대를 떠난 수백 대의 쇠뇌가 하늘을 까맣게 뒤덮었다.

이제 막 승선을 마치고 출항하는 왜구들에게 맹렬한 기세로 쏟아져 내리는 수백 대의 쇠뇌는 그야말로 마른하늘의 날벼락이었다.

퍼퍼퍼퍼퍼퍽!

적지 않은 왜구들의 비명소리가 적선을 박살 내는 쇠뇌의 둔중한 굉음에 파묻혔다.

"강노 장전!"

"강노 장전!"

홍의대 오조원들이 복명복창하며 빠르고 능숙하게 강노에 쇠뇌를 장전했다. 그 순간에도 홍룡은 쉬지 않고 전진하여 적의 사정거리를 눈앞에 두고 있었다.

명령을 내리려고 밑을 내려다보는 갈문엽의 눈에 이미 모든 준비를 마치고 대기하고 있는 홍의대 사조원들이 보였다. 홍의대 사 조장 양충이 씨익 웃으며 농 섞인 말투로 물었다.

"방패조 위치로 움직일깝쇼?"

"훗, 덩치는 곰 같은 게 눈치는 빨라 가지고."

"칭찬 감사합니다. 얘들아, 방패조 위치로 움직이랍신다!"

홍의대 사조원들이 오조원들의 앞을 막기 무섭게 적선에서 화살이 날아들었다. 하지만 왜구들의 화살은 방패조의 거대한 방패에 막혀 아무런 피해도 주지 못했다.

때마침 강노의 장전이 끝나자 갈문엽이 차갑게 명령을 내렸다.

"발라 버려!"

"발라 버려!"

홍의대 오조원들의 신명나는 복명복창에 사조원들이 방패를 슬쩍 틀며 공간을 내주었다. 동시에 귀청을 떨어 울리는 꽹렬한 음향이 푸른 하늘을 난도질했다.

쌔애애애애액!

퍼퍼퍼퍼퍽!

전보다 거리가 가까워지며 위력이 크게 증폭된 수백 대의 쇠뇌에 커다란 돛이 순식간에 찢어지고 꿰뚫렸다. 난간은 난파한 배처럼 흉측한 몰골이었으며, 갑판에는 수십 명의 왜구들이 피를 흘리며 쓰러져 있었다.

두 번의 강노 공격에 변변한 대응조차 하지 못하고 피해만 입은 왜구들은 당황한 기색이 역력했다. 경갑을 착용한 무사들이 수하들을 닦달하나 한번 꺾인 사기는 쉽사리 회복되지 않았다.

그에 반해 홍룡함은 사기로 충천했다.

콰앙!

무서운 기세로 쇄도하여 우측의 적선을 들이박는 홍룡함.

투광대부 범정이 가장 먼저 적선으로 뛰어들고, 뒤따라 일조원들이 몸을 날렸다.

연후는 일조에 소속되어 있었다.

약하면 죽는다.

죽이지 않으면 죽는다.

…죽음!

전장의 공기는 냄새부터 다르다.

후각을 마비시킬 만큼 강렬하고 혐오스러운 냄새!

혈향이다.

바닥은 피로 질척하다.

피에서 잉태된 광기가 전염병처럼 한달음에 퍼져 나가 이내 모두를 집어삼킨다.

살갗을 파고든 광기가 혈관에 녹아들며 박동이 빨라진다.

공포와 흥분이 거친 호흡을 터뜨리는 가운데,

적이 달려든다.

위험하고 흉포한 기운을 온몸에 두르고 검을 휘두르는 적의 얼굴이 마치 마귀처럼 흉측하다.

인간의 형상이 아니다. 전장은 인간을 마귀로 만든다.

파앗!

피육을 베는 불쾌한 감촉.

얼굴에 한줄기 피가 촤악 뿌려졌다. 그리고 풀썩 무너지는 적의 몸뚱어리.

몇 번 꿈틀거리다가 축 늘어진다.

죽음.

그리고 살인!

평정이 무너져야 정상인데 가슴은 더없이 냉정하다.

두렵다.

여전히 냉정히 뛰는 이 가슴이, 무너지지 않는 정신이.

그래서 연기한다.

나도 남들과 다르지 않다는 것을 다른 사람들에게 보여주어야 한다.

남들이 눈치채기 전에!

인연을 맺는 것도 두렵지만, 자신을 마귀 보듯 보는 건 더욱 두려운 연후였다.

연후는 동기들의 표정을 분석했고 그 안에서 혼란을 읽어냈다.

그리고 연기를 시작했다.

가슴 저 깊은 곳에서 뭔가가 부서지는 듯한 소리가 들리는 것처럼, 마치 돌아올 수 없는 강을 건넌 것처럼, 손끝에서 떨림을 일으켜 이내 전신으로 확장시켰다. 그리고 얼굴 근육을 혼란에 빠진 것처럼 일그러뜨린 뒤.

짜악!

정신이 번쩍 들 정도로 강하게 뺨을 때렸다.

남궁조휘가 그랬던 것처럼.

쌔액!

등 뒤에서 날아오는 날카로운 기세에 급히 고개를 숙였다. 적의 칼에 베인 머리카락 몇 가닥이 허공에 흩날렸다.

연후는 몸을 반전하며 적의 목을 베었다.

촤아아악!

반쯤 베어진 목에서 엄청난 양의 피가 분수처럼 뿜어져 나왔다. 적의 피를 그대로 얼굴에 뒤집어썼지만, 그는 그것을 의식하지 못했다.

좁은 갑판 위에서 벌어지는 난전. 고함과 욕설이 난무하고, 살벌한 기세들이 상대의 목숨을 끊기 위해 사납게 달려든다. 이것이 바로 실전이다.

인간을 짐승으로 만드는 실전!

극에 달한 혼란에 그의 심장도 거칠게 뛰었다.

더 이상은 연기가 아니다.

비록 살인에 대한 죄책감과 두려움은 없지만, 감당키 힘든 강렬한 흥분이 그의 육체를 지배했다.

"으아아아아아악!"

냉정을 잃은 한 마리 야수가 미쳐 날뛰기 시작했다.

전투는 대승(大勝)이었다.

한 척의 적선을 나포하고 열일곱의 포로를 잡았다. 아군의 피해는 경미했다.

중상을 입은 이가 몇 있기는 했으나, 죽은 자는 없었다.

기분 좋은 승전보를 올리며 과영포에 들어선 홍의대원들은 왜구들이 만든 참상에 으드득 이를 갈았다.

불에 탄 집들.

시체가 지천에 널려 있었다.

집과 가족을 잃은 과영포 백성들의 울음이 구슬프다.

홍의대원들은 굳은 얼굴로 시신을 수습하고 부상자들을 치료했다.

그나마 다행이랄까.

이전에 본 마을과 달리 생존자가 꽤 되었다.

홍의대 정복은 짙은 붉은색을 띠고 있어 피가 묻어도 그리 티가 나진 않는다.

하지만 이미 피는 깊숙이 스며든 뒤였다.

이번이 첫 실전이었던 신입대원들은 하나같이 음울한 기운을 풍기고 있었다.

나이 열일곱에서 열아홉.

약관도 되지 않은 이 어린 나이에 경험한 살인. 당연히 충격일 수밖에 없다.

하지만 누구도 도와주지 않는다.

도산검림 강호를 살아가려면 어차피 한 번은 겪어야 할 일.

언제나 그렇듯 교두들은 그저 말없이 지켜볼 뿐이다.

깊은 밤.

연후가 벌떡 몸을 일으켰다.

악몽이라도 꿨는지 그의 몸은 땀으로 흥건했다.

다시 자려고 누워도 잠이 오지 않았다. 눈을 감으면 보이는 마귀들의 얼굴.

형상은 마귀인데, 얼굴은 연후의 것이었다.

'나는 진정 마귀인 것인가?

마을 외곽에 천막을 대충 세워 만든 막사 안.

곳곳에서 끙끙거리는 신음들이 들려온다.

식은땀을 흘리며 끙끙 앓는 동기들.

저들도 지금 마귀들의 얼굴을 보고 있는 것인지…….

'차라리 나도 저들처럼 진짜 마귀를 봤다면 이렇듯 힘들지는 않았을 텐데.'

연후는 씁쓸히 웃으며 막사를 나왔다.

밖으로 나오니 불침번을 서고 있는 두 선임이 보였다.

'저들도 나와는 다른 거겠지?'

똑같이 살인에 휘둘리지는 않지만, 저들은 당당히 살인을 극복했고, 자신은 처음부터 살인이 아무렇지 않았다.

연후는 선임들에게 부러움의 눈길을 던지며 걸음을 옮겼다.

막사 주변을 벗어나자 대기가 갈라지는 듯한 날카로운 파공음이 들렸다.

방향을 가늠하고 안력을 높이자 헌앙한 미장부가 보였다.

남궁조휘였다.

뭔가를 떨쳐내려는 듯 미친 듯이 검을 휘두르는 남궁조휘.
연후는 그런 남궁조휘가 부러웠다.

허리춤에 걸린 검을 잠시 내려다보던 연후는 고개를 흔들었다. 검집에 갇혀 있어도 비릿한 혈향이 코끝을 찌르는 듯했다.

혈향은 마을 전체에 감돌고 있었다.

그럼에도 아무렇지 않다.

두렵고 무서워해야 정상인데, 오히려 그는 혈향을 맡을수록 흥분이 되었다.

연후는 도망치듯 걸음을 옮겼다.

마을 뒤쪽 오솔길은 산으로 이어져 있었다.

산의 정갈한 공기에 정화되듯 달라붙은 혈향이 서서히 엷어지는 기분이었다.

연후는 길게 숨을 들이마셨다.

마음에 어느 정도 여유가 생기자 주변을 둘러보게 되었다.

순간, 연후의 미간이 확하고 찌푸려졌다.

뒷산 중턱을 차지하고 있는 것은 수십 개의 무덤이었다.

연후는 급히 발길을 돌렸다.

그러다 다시 고개를 돌려 무덤 쪽을 쳐다보았다.

희끄무레한 윤곽.

뭔가가 무덤에 포개지듯 엎드려 있었다.

놀랍게도 그것은 아이였다.

연후가 놀라 다가가 어깨를 흔들자 아이가 눈을 떴다.

울다가 지쳐 잠들었는지 눈이 퉁퉁 부어 있었다.

"형은 누구야?"

아이의 목소리는 물기 하나 없이 맑았다.

"그러는 너는 누구냐?"

"윤자흠. 일곱 살이야."

의외의 장소에서 의외의 만남이라 대화는 금방 끊겼다.

아이가 커다란 눈망울을 굴리며 물었다.

"싸움은 끝난 거야?"

"그래."

다시 대화가 끊겼다.

연후가 무덤을 힐끔 쳐다보자 아이가 말했다.

"우리 아빠 무덤이야. 작년에 나쁜 놈들에게 돌아가셨어."

"…그렇군."

그럼, 엄마는 어디에 계셔, 라는 말이 목구멍까지 올라왔다.

아이는 생각보다 눈치가 빨랐다.

"엄마는 없어. 내가 태어난 그 다음 해에 돌아가셨대."

천애고아라는 말이었다.

연후는 딱히 할 말이 떠오르지 않아 입을 다물었다.

"나는 괜찮아. 위로하려고 애쓰지 않아도 돼."

일곱 살 난 아이가 할 말이 아니었다.

입술이 달싹거렸다.

뭐라 말로 표현할 수 없는 감정이 가슴속에서 요동쳤다.

그러다 연후는 깨달았다.

고집스런 입매와 강단 있는 눈빛. 그의 위로 따윈 진실로 필요가 없었던 것이다.

연후가 한참 만에 입을 열었다.

"집은 어디냐? 여기에는 언제부터 있었던 거지?"

아이는 차분히 대답했다.

"아빠가 돌아가신 뒤로 아저씨 아주머니들이 보살펴줬어. 그리고 여기에는 이틀 전부터 있었어."

"이틀 전?"

"응. 아빠가 돌아가신 뒤부터 그랬어."

"그랬다니? 뭐가?"

"막 무서워지면 무서운 일이 일어났어. 양씨 아저씨가 바다에서 돌아오지 못할 때도 그랬고. 이틀 전에도 그랬어. 나는 무서워지면 아빠한테 와."

때때로 위기를 감지하는 능력이 뛰어난 이들이 있다고 하는데, 이 아이도 그런 이들 중 하나인가 보다.

결론적으로 그 능력이 윤자흠이라는 이 아이를 살렸다.

연후가 말했다.

"그럼, 이틀 동안 아무것도 못 먹었겠군."

"응. 그래서 하루 종일 잤어. 자면 배 안 고프니까."

또다시 가슴이 욱신거렸다. 하지만 연후는 아이를 위로하지 않았다.

값싼 위로 따윈 저 아이를 모독하는 것이기 때문이다.

"내려가자. 내가 맛있는 것을 주마."

아이의 손을 잡고 산을 내려가던 연후가 안색을 굳히며 걸음을 멈췄다.

반대쪽 기슭에서 시커먼 그림자가 다가오고 있었다.

본능적으로 아이를 뒤로 돌렸다.

굳은살 박인 손은 검자루를 움켜쥐고 있었다.

거리가 가까워지며 그림자의 정체가 드러나자 연후가 허탈한 표정을 지었다.

하늘하늘한 몸매에 작고 아름다운 얼굴.

무외였다.

물기 젖은 머리카락을 찰랑거리며 사뿐히 걸어오는 무외의 고운 얼굴이 은은한 달빛에 반짝였다.

"우와, 선녀 누나다!"

"틀렸다. 저 녀석은 남자다."

아이는 이해가 안 된다는 듯 연방 고개를 갸웃거렸다.

"아무리 봐도 저 형은 선녀 누난데……."

연후는 아이의 말을 무시하고 무외에게 다가갔다.

"자지 않고 여기엔 어쩐 일이지?"

"그러는 너는?"

"괜한 말을 물은 거 같군. 그치?"

무외가 고개를 끄덕이며 아이를 가리켰다.

"이 아이는 누구야?"

"윤자흠. 일곱 살이라고 하더군."

무외가 무릎을 굽혀 아이와 눈을 맞추며 인사했다.

"만나서 반가워. 나는 남궁무외라고 해."

연후와 무외는 아이의 손을 하나씩 붙잡고 산을 내려갔다.

* * *

"망혼도(亡魂島)라고?"

"네. 열일곱 모두가 하나같이 망혼도라고 대답했습니다."

불과 십여 년 전만 해도 완미도(婉美島)라는 이름을 가지고
있던 주산군도 남쪽의 작은 섬.

하지만 한 단체가 그 섬을 장악하며 완미는 망혼이 되었다.

"으음, 그 망혼도라는 말이지. 함정일 확률은?"

"희박합니다."

피에 젖은 범정의 손이 심문의 험악함을 말해주고 있었다.

갈문엽이 고개를 끄덕였다.

"네 말대로 함정일 확률은 희박하지만, 그래도 찜찜한 것은

어쩔 수 없군. 망혼도는 다름 아닌 '그'의 본거지였으니까."

"……!"

"걱정할 필요 없어. 망혼은 이제 없어."

망혼.

참도방 무인들에게 결코 잊을 수 없는 이름이었다.

절강 최고수 중 하나였던 전대 참도방주 방무덕은 망혼과의 전투에서 입은 부상으로 장남인 방하군에게 방주를 물려줬고, 악즉참도 장천수는 오른팔을 잃고 은퇴했다.

오 대였던 타격대가 삼 대로 줄어들고, 절강삼십육문에서 지원해준 무사 중 삼분의 일이 죽거나 폐인이 되었다.

그러한 희생 끝에 겨우 얻은 승리였다.

망혼의 수뇌부들 중 몇 명은 시체를 찾지 못했지만…….

뺨의 흉터가 욱신거렸다.

'놈은 죽었어!'

망혼칠마(亡魂七魔)의 일인인 신속(神速)의 카제.

축지(縮地)와 혈응조(血鷹爪)의 달인인 그를 절강무인들은 혈응풍마(血鷹風魔)라고 불렀다.

하지만 그는 죽었다.

지금은 그저 옛 이름인 청의대 이백 무인과 공멸한 것이다.

그의 직속부하들인 신풍십이응(迅風十二鷹)과 함께.

문제는 끝끝내 생사를 확인하지 못한 나머지 마귀들과 '그'의 오른팔과 왼팔인 흑백쌍존(黑白雙尊).

그리고,

적안(赤眼)의 악마(惡魔), 망혼(亡魂)의 군주(君主)다.

망혼을 떠올리자 두통이 몰려왔다.

갈문엽은 관자놀이를 꾹꾹 누르며 등받이에 나른하게 몸을 기대었다.

"어떻게 할까요? 대진포에 전서구를 띄울까요?"

갈문엽이 고개를 저었다.

"수색대가 추격하고 있으니, 일단 기다려 보도록 하자."

아니기를 바라나, 어두워지는 그의 마음처럼 밤은 깊어만 가고 있었다.

第九章　마혼(亡魂)

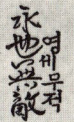

실전을 경험한 신입대원들의 눈빛은 어딘가 달라져 있었다.

음울한 눈빛 속에 깃든 결의와 각오.

혼란의 잔재는 여전하나 거기에 휘둘리진 않는다.

점차 뿌리내리는 신념.

그 지저에 힘없는 민초들에 대한 연민이 깔려 있다. 패악한 왜구들에 대한 분노는 그 다음이었다. 새벽부터 저녁까지 과영포 복구에 열과 성을 다하고, 해가 지면 미친 듯이 무공을 연마했다.

목숨이 오고가는 전투에서 자신들이 익힌 무(武)는 조금도 통하지 않았기 때문이다.

교두들의 보호가 없었다면 이번 전투에서 적어도 몇 명은 죽었을 것이다.

무공이 문제가 아님은 알고 있었다.

변화되어야 할 것은 검. 그리고 자기 자신이다.

죽음의 위협을 경험하지 않은 죽은 검을 버리고, 살아 있는 검을 얻어야 한다.

역설적이게도 살아 있는 검을 얻기 위해서는 수많은 죽음을 검 끝에 매달아야 하는 바.

어떤 고난도 극복할 수 있는 굳은 각오와 단단한 마음이 필요하다.

솔직히 지금 이 수련이 얼마나 도움이 될지는 모른다.

그럼에도 연련한다.

실전의 공기와 냄새와 광기를 더듬어 몸에 각인시킨다.

다음번에는 당황하지 않도록.

지닌 무공을 채 펼쳐보지도 못하고 죽을 수는 없기에!

절강 과영포.

명문의 기재들이 진정한 무인으로 거듭나고 있었다.

과영포 백성들은 딱 하루만 울었다.

잃어버린 가족을 땅에 묻고, 무너진 집을 다시 세우며 살 길을 모색했다.

홍의대 무인들이 이를 돕자 빠르게 복구가 되었다.

땅거미가 지며 작업이 종료되자 신입대원들은 대충 주먹밥으로 끼니를 때운 뒤, 막사 뒤편에서 검을 휘둘렀다.

쌔애애애액!

대기를 가르는 위맹한 검격에 연방 파공음이 일어난다.

"우와!"

그때마다 감탄의 탄성을 터뜨리는 몇몇 마을 꼬마들.

입을 헤 벌리고 눈을 커다랗게 뜨고 있다.

본래 강호에서 연무를 훔쳐보는 것은 금기사항이나, 상대는 어촌마을 꼬마들이다.

특별히 문제될 것도 없기에 굳이 제지하지 않았다.

한참 집중하여 무공을 연련하던 연후는 여러 꼬마 중 윤자흠을 발견하고는 잠시 수련을 중단했다.

연후가 다가오자 윤자흠이 그 커다란 눈을 반짝였다.

"형, 저거 배우면 막 힘이 세져?"

연후의 얼굴이 굳어졌다.

왜구들에게 아비를 빼앗긴 윤자흠의 처지가 생각이 난 것이다.

"무공을 배워 복수를 할 생각이냐?"

도리도리 고개를 젓는다.

"그럼?"

"힘이 세지면 다른 사람들을 도울 수 있잖아."

무공을 배우면 힘이 세지냐던 물음. 이제야 이해가 된다.

무너진 집 잔해를 치우고, 몸집만한 바위와 커다란 나무도 단숨에 옮기는 신력(神力).

윤자흠은 단순히 그 힘이 부러운 것이다.

곤경에 처한 마을사람들을 도울 수 있는 힘이 말이다.

연후는 탄식했다.

'나는 일곱 살짜리 아이보다도 못하구나!'

무공을 배운 뒤, 할아버지에게 하루에 한 번은 꼭 들었던 말이 있다.

의(義)와 협(俠).

무공을 익히는 이유라고 했다.

하지만 그에게 진실로 남은 것은 의와 협이 아니다.

무(武)!

한 자루 검이다.

호수처럼 맑은 눈빛이 망막에 박힌다.

무덤에서 만난 아이, 윤자흠.

어린 나이에 부모를 모두 잃었다고 하는데, 얼굴에 그늘이 전혀 없다.

천성이 밝고 강인한 아이다.

"무공을 배우고 싶으냐?"

다시, 도리도리 고개를 젓는다.

의외의 반응에 연후가 눈을 살짝 크게 떴다.

"그럼?"

"검은 싫어. 검에 베이면 피가 나잖아."

무서워하는 눈빛이 아니다.

단지 천성이다.

불문이나 도문 쪽에 어울리는 순후한 성정인 것이다.

"검은 싫단 말이지……."

연후는 그렇게 중얼거리며 윤자흠을 마을 외곽 조용한 곳으로 데리고 갔다. 울창한 나뭇잎들이 살랑살랑 그늘을 만들어 주는 거목 아래, 무더운 바람이 한풀 꺾인다.

"검은 싫지만, 힘은 세지고 싶은 거지?"

"응. 힘이 강해지면 지금보다 더 많은 일을 할 수 있어."

"그럼, 검이 아니면 괜찮겠지?"

윤자흠이 밝게 웃으며 고개를 끄덕였다.

"지금부터 내가 가르쳐 줄 것은 간단한 호흡법이다. 태극심법이라고 하지."

태극심법은 돈만 있으면 일반에서도 쉽게 구할 수 있는 심법으로 축기의 효율이 그리 뛰어나지 않아 본류인 무당에서도 익히는 이가 거의 없는 삼류심법이었다. 하지만 이런 태극심법에도 나름의 장점이 있었으니, 몸속의 탁기를 씻고 단전을 비옥하게 만들며 나중에 다른 어떤 내공심법을 익혀도 내력이 충돌을 일으키지 않는다는 것이다.

할아버지에게 무론을 배울 당시, 음양의 이치를 공부하며 구결을 암기해 놓았던 것이 이렇게 도움이 될 줄은 몰랐던 연후였다.

'마음 같아서야 대연신공이라도 가르쳐 주고 싶지만…….'

남궁세가는 혈족 이외의 외인에게 무공을 전수하는 것을 엄격히 금하고 있었다.

이백열여섯 자의 구결 안에 음양의 이치를 모두 담고 있는 태극심법.

윤자흠은 한 번 듣는 것만으로 구결을 다 외워 버렸다.

과히 나쁘지 않은 머리였다.

태극심법 다음은 태극권이었다.

태극권 역시 일반에 공개된 무공으로 정련하면 근육이 부드러워지고 뼈가 단단해지는 효능을 가지고 있었다.

이번에도 윤자흠은 한 번 듣고 보는 걸로 모든 동작과 구결을 다 외워버렸다.

연후의 눈에 언뜻 감탄이 떠올랐다.

해시가 되자 슬슬 잠이 오는지 윤자흠이 눈을 비벼댔다.

연후는 윤자흠을 임시구호소로 데려다준 뒤, 한적한 마을 외곽으로 돌아와 수련을 재개했다.

어둠이 짙게 내린 공간을 누비는 한 자루 철검.

비쾌하고 묵직하다.

쾌와 중의 중첩, 창궁과 묵암의 융합이다.

하지만 경이적인 위력을 자랑하던 그때의 검은 아니다.

위력만 놓고 봤을 때 은검보다는 확실히 강하고 금검에는 조금 미치지 못하는 것 같았다.

하지만 이것이 현재 그의 최선이었다.

구혈중첩(九穴重疊).

그 이상은 침잠하는 속도가 너무 빨라 감당이 불가능했다.

단기전이라면 십혈중첩도 가능하나, 몇 번 시험해 본 바 일
각이 한계였다. 십일혈중첩은 다섯 번이 한계였고, 십이혈중
첩은 단 한 번으로 하문이 텅 비워버렸다.

실전을 거치며 연후가 깨달은 것은 인간은 생각보다 쉽게
죽는다는 것이다.

태산을 허무는 일격 따윈 필요 없었다.

승리를 위해 필요한 것은 적보다 조금 더 빠르고, 조금 더
강한 공격이었다.

실전은 확실히 연습과는 달랐다.

체력, 기력, 심력이 연습 때보다 몇 배나 빨리 소모되었다.

전투가 얼마나 길어질지는 아무도 모르는 것이기에 체력과
기력의 안배는 그야말로 필수였다.

연후는 최소한의 피해로 최대한의 결과를 얻기 위해 중첩을
연구했다.

그 결과, 효율의 극대점을 발견했다.

그것이 바로 구혈중첩이었다.

그러나 구혈중첩에는 큰 약점이 존재했으니, 바로 초식의
숫자였다.

구혈을 잇는 최단거리의 육도는 단 하나, 그 말은 곧 초식
역시 하나임을 의미했다. 구사할 수 있는 초식이 하나밖에 없
다는 것은 상대에게 내보일 수 있는 수가 하나밖에 없다는 것
을 의미했다.

연후는 최단거리에 대한 집착을 내려놓으므로 이 문제를 해

결했다.

분명 구혈을 잇는 최단거리의 육도는 하나이나, 구혈을 관통하는 육도는 무한했던 것이다.

그렇게 그는 구혈을 관통하는 육도 중 일단 일곱 개의 육도를 뽑아냈다.

몸의 천도인 육도에 대한 오랜 고찰을 통해 힘의 흐름과 그 원리를 깨우치고, 그 의지가 선천지기와 육체를 제어할 수 있었기에 가능한 일이었다.

하지만 아직 개통된 지 얼마 되지 않았기에 길은 장강의 지류처럼 좁고 거칠었다. 그리고 체음 역시 아직 몸에 붙지 못해 툭 하면 호흡을 놓치기 일쑤였다.

이 문제를 해결하는 것은 결국 반복 수련밖에 없었다.

반복 수련은 연후의 특기로 그는 기쁜 마음으로 쉼없이 검을 휘둘렀다.

울창한 나뭇잎들이 검의 바람에 쏴아아아 노래했다.

*   *   *

"수색대에서 연락이 왔습니다."

"어디라고 하느냐?"

부대주 고평수는 대답하지 않고 종이를 내밀었다.

종이에는 이렇게 적혀져 있었다.

망혼도.

중형 전선 두 척, 소형 선박 네 척.

적의 예상인원 이백오십 정도.

갈문엽은 복잡한 표정으로 고평수를 바라보았다.

"…아니겠지?"

머리는 아닐 거라고 하는데 자꾸만 가슴이 불안하게 뛴다.

"어떻게 할까요? 대진포 본단에 지원을 요청할까요?"

부대주 고평수의 목소리가 잔뜩 굳어 있었다.

"대진포에서 이곳 과영포까지 오는데 얼마나 걸리지?"

"적어도 열흘은 걸릴 겁니다."

"열흘이라……."

지원군의 합류를 기다리기에는 시간이 너무 촉박했다.

지금 출발해도 아슬아슬하다.

놈들이 뭔가를 눈치채고 망혼도를 비운다면, 지루한 숨바꼭질을 또 해야 한다.

절강해적들은 영악하기 그지없어 본진 외에도 몇 개의 도피처를 준비해놓고 있었다.

탁자 위에 펼쳐진 지도를 보며 한참을 고민하던 갈문엽이 고개를 들었다.

"부대주, 본단에 지원을 요청해라!"

"집결지는 어디로 합니까?"

"태평도(太平島).

망혼도에서 반나절 거리에 위치한 작은 섬이다.

"태평도라면 얼추 비슷하게 도착하겠지."

고개를 끄덕이는 고평수.

일필휘지로 지원요청서를 작성하여 전서구에 매달았다.

전서구 한 마리가 밤하늘을 가르며 날았다.

＊　　　＊　　　＊

"형아, 안 가면 안 돼?"

옷자락을 붙잡고 칭얼거리는 윤자흠. 연후의 얼굴에 난감함
이 떠올랐다.

연후가 무릎을 굽혀 윤자흠과 눈을 맞추었다. 영롱하게 빛
나던 커다란 눈동자가 슬픔에 젖어 있었다.

"나 역시 너와 헤어지는 게 싫다."

진심이었다.

만난 지 얼마 되지도 않았는데, 윤자흠이라는 이 아이는 이
상할 정도로 편했다. 그래서인지 감정을 감추지 않고 진심을
내보일 수 있었다.

"하지만 나에게는 해야 할 일이 있다."

그가 떠날 수밖에 없는 이유.

왜구의 척살이다.

"어이, 신입! 어서 안 올라오고 뭐해?"

그를 제외한 전원이 승선을 모두 마친 상황.

이제 헤어질 시간이 되었다.

"…형아, 죽지 마."

안위를 걱정하는 평범한 그 말에 몸이 움찔했다.

죽음을 감지하는 능력이 유난히 뛰어난 윤자흠의 말이었기에 마음이 무거웠다.

"걱정 마라. 나는 절대 죽지 않는다."

윤자흠의 머리카락을 헝클어뜨리며 연후는 몸을 돌렸다.

얼마 뒤, 홍룡함이 물살을 가르며 전진했다.

윤자흠은 멀어지는 홍룡함을 말없이 한참 동안 쳐다보았다.

'형, 나 무서워.'

커다란 눈망울에 짙은 공포가 맴돌았다.

태평도로 향하는 내내 연후는 구혈중첩을 관통하는 일곱 육도를 다듬었다.

좁고 거친 길을 정심으로 확장해 나가자 그 위력이 대폭 상승하여 금검의 검공에 비견될 정도였다.

태평도에 도착한 그 다음 날, 흑의대가 합류했다.

흑의대에는 잠룡관 칠십육 기생인 스물여섯 명의 기재와 청의를 입은 일곱 교두가 함께하고 있었다.

촉의 대지 사천당문에서 열린 천룡대전에서 얼마 전에야 복귀한 칠십육 기생.

듣기로 석 달 뒤, 이차 수련을 종료하고 본가로 복귀한다고 한다.

험난한 사선을 여러 번 넘나든 칠십육 기생들의 기도는 확실히 남다른 데가 있었다.

안정된 호흡과 날카롭게 벼려진 명검과도 같은 예기.

완연한 일류의 경지였다.

특히 천룡대전에서 준우승을 차지한 남궁형인의 기도는 투광대부 범정과 비교해도 조금도 뒤쳐지지 않았다.

절정을 바라보는 일류의 극의였다.

홍룡함과 흑룡함은 점심 무렵에 출발하여 해가 질 때쯤에 망혼도에 도착했다.

망혼도는 의외로 수려한 풍경을 자랑했다.

해안가를 따라 기암괴석들이 각양각색의 모습으로 우뚝 솟아 있고, 섬 안쪽으로 울창한 수림이 장대하게 펼쳐진다. 남쪽에는 눈처럼 고운 백사장이 투명한 바닷물과 인접하여 옆으로 길게 뻗어 있으며, 북쪽에는 구름을 허리에 두른 준엄한 봉우리가 숲을 굽어보고 있다.

망혼도 근처에서 대기하고 있던 수색대가 합류하여 상황을 보고했다.

"추적이 붙은 것을 모르는지, 일절 움직임이 없었습니다."

"흐음, 칠귀도에 적의 병력이 숨어 있을 가능성은?"

일곱 귀신의 섬이라는 뜻을 가진 칠귀도는 망혼의 군세가 절강해역을 뒤덮을 당시, 망혼도를 빙 둘러싼 망혼칠마의 근거지로 이용되던 일곱 개의 섬을 일컬었다.

"없습니다. 이미 칠귀도의 수색 역시 끝마쳤습니다."

수색대원의 말에 위황이 허탈하게 웃었다.

"정황상 망혼은 아니라는 건가?"

"괜한 걸음을 하시게 하여 면목이 없습니다, 흑의대주님."

갈문엽이 죄스러운 표정을 지으며 고개를 숙였다.

같은 직급이라고는 보기 힘든 공손한 태도. 마치 상급자를 대하는 듯하다.

탈혼도(奪魂刀) 위황.

온화한 성품에 부하들을 목숨보다도 아끼는 그는 참도방 무인들이 가장 존경하는 인물이었다. 일흔이 넘은 나이에도 최전선에서 현역으로 활동하는 그는 여전히 왕성한 정력을 자랑했으며, 그의 탈혼도법은 그 위맹함이 강호일절이었다.

위황이 너털웃음을 터뜨리며 손을 저었다.

"아닐세. 나 역시 자네와 같은 상황에 처했다면 일단 지원부터 요청했을 걸세. 다른 곳도 아닌 그 망혼도이지 않은가!"

"이해해 주셔서 감사합니다. 그럼 작전은?"

"자네가 지휘하게."

갈문엽은 위황에게 고개 숙인 뒤, 천천히 뒤를 돌아보았다.

강렬한 투기를 발산하고 있는 두 부대의 부대주와 조장들이 그의 명령을 기다리고 있었다.

갈문엽이 그런 그들을 향해 씨익 웃어 보이며 외쳤다.

"작전명은 섬멸이다!"

두 부대의 일조원들은 소선을 타고 섬의 북쪽으로 이동했다.

두 척의 소선에 나누어 탄 오십이 명의 정예들에게 내려진 명령은 적의 후미를 치는 것이었다.

나머지 부대원들이 남쪽 해안에 정박해 있는 적의 배들을 점거한 뒤, 중앙 숲을 관통하여 적의 본거지를 공격할 때, 두 부대의 최정예 대원들인 그들은 북쪽 절벽을 넘어 준봉에 위치한 적의 본거지를 급습하는 것이 작전의 개요였다.

압도적인 전력을 가지고도 절대 방심하지 않는 냉철함이 바로 갈문엽의 장점이었다.

흉악한 외모와 달리 그는 신중한 성격의 남자였던 것이다.

우회하여 섬을 돌아간 두 척의 소선이 북쪽의 절벽 아래에 도착했다.

위쪽에서 보이지 않는 처마처럼 툭 튀어나온 지형 아래에 배를 감추고 일사불란하게 절벽에 몸을 붙였다. 일렬로 길게 늘어서서 절벽을 오를 준비를 하고 있던 연후와 남궁조휘, 남궁명, 남궁대강에게 남궁형인이 다가왔다.

"이번이 두 번째 실전이라고 들었다. 임무를 수행하는 것도 중요하지만, 무엇보다도 안전을 최우선으로 여겨라. 너희는 본가의 미래니까."

차가운 인상의 남궁형인.

무뚝뚝한 목소리 속에 진한 걱정이 담겨 있었다.

노을에 붉던 하늘이 완전히 검게 물들자 범정이 손가락을 들어 위쪽을 가리켰다.

범정에게 신경을 집중하고 있던 대원들은 그의 출발신호에 즉시 땅을 박차며 절벽을 오르기 시작했다. 간격과 속도를 맞춰가며 일사불란하게 절벽을 오르는 오십여 대원의 모습은 묘한 압박감을 발산하는 소리 없는 해일과도 같았다.

절벽을 거의 다 오를 무렵, 횃불을 밝혔는지 위쪽 곳곳에서 불그스름한 빛이 피어올랐다.

연후는 자신의 바로 위쪽에 경계병이 있음을 알고 짧게 숨을 들이마시며 마음의 준비를 했다.

범정이 디디고 있던 바위를 박차며 뛰어오르는 그 순간,

대원들이 절벽 위로 일제히 몸을 솟구쳤다.

날개를 활짝 펼친 야조의 깊게 드리워진 그늘처럼 어둠이 일어나 절벽 위를 뒤덮었다.

촤아아악!

횃불에 비친 한 왜구의 얼굴이 경악으로 물들었다.

황급히 도병을 잡는 왜구.

그러나 황홀한 궤적이 이미 그의 목을 휘감은 뒤였다.

파아앗!

목이 떨어진 그의 뒤로 피처럼 붉은 전포가 펄럭였다.

탁!

가볍게 땅에 착지하는 붉은 전포의 주인.

몸을 휘둘리며 손을 내젓자 한줄기 섬광이 뻗어 나갔다.

픽!

십여 장 떨어진 곳.

급히 호각을 입에 대던 왜구가 뒤로 넘어갔다. 왜구의 가슴에는 비도가 깊숙이 박혀 있었다.

즉사였다.

주변을 둘러보자 능선 곳곳에 왜구들의 시체가 즐비했다.

붉은 전포의 주인, 연후는 범정의 집합신호에 비도를 회수하고 터벅터벅 걸음을 옮겼다.

범정은 오십이 명의 대원들을 갑조와 을조로 나누고 그 임무에 대해 설명했다.

"갑조는 나와 함께 수괴의 목을 베고, 을조는 흑의대 일 조장 조만휘와 함께 적의 주요거점을 파괴하고 성채의 문을 연다."

범정의 성격답게 간단명료한 작전이었다.

얼마 뒤, 녹색 폭죽이 솟구쳐 공중에서 파앙, 하고 터졌다.

본진이 적의 본거지에 도착했음을 알리는 신호였다.

참도방 정예대원들이 바람처럼 질주했다.

절벽 위의 경계병들을 믿었는지 그 흔한 보초조차 없었다.

일각쯤 달려 내려가자 적의 본거지가 보였다.

적의 본거지는 산의 지형을 철저히 이용한 하나의 성채로 높고 튼튼한 방책이 본진을 막고 있었다.

백 명의 군사로 천 명의 적군을 막을 수 있는 천연의 요새.

우회할 길이 전혀 없다.

하지만 이 난공불락의 요새에도 약점이 있었으니, 바로 북쪽의 절벽이었다.

밑에서 올라오는 공격에는 강하나, 위에서 내려오는 공격에는 취약점을 보였던 것이다.

위에서 내려온 두 줄기 바람이 견고한 성채에 침투했다.

갑조는 적의 수괴가 있는 최상층으로 내달리고, 을조는 주요거점을 파괴하기 위해 밑으로 움직였다.

붉은 바람이 지나간 자리에는 피비린내가 진동했다.

콰아아앙!

굉음과 함께 터져 나가는 문.

붉은 전포를 입은 무인들이 저벅저벅 안으로 들어온다.

묵직한 그 걸음에서 비릿한 혈향이 묻어나고 전신에 피 칠갑을 한 몰골에서 악전고투의 흔적을 찾아볼 수 있다.

대전의 중앙, 한 남자가 무릎을 꿇고 있다.

옆에는 한 자루 칼이 놓여 있었는데, 남자의 두 눈은 어딘가 텅 비어 있는 느낌이었다.

대전을 울리는 묵직한 발소리에 남자의 몸이 움찔하더니 텅 빈 동공에 귀화처럼 푸르스름한 빛이 떠올랐다. 그리고 남자의 말라붙은 입술이 달싹였다.

충의를 잃은 자의 말로는 오로지 죽음뿐이니.

휘이이잉!

북풍의 매서운 한기가 휘몰아치듯 기온이 뚝 떨어진다.

보아라. 참도(斬盜)의 주구여!

남자가 천천히 손을 뻗어 옆에 있는 칼을 잡는다.

배신자의 말로를!

명부에서 올라오는 듯한 차가운 목소리.
팔이 안으로 접히며 칼날이 천천히 목을 파고든다.
서거걱!
대전 바닥에 쏟아지듯 후두둑 떨어지는 핏물.
칼날이 지나간 자리가 벌어지며 살점이 쩌억 벌어진다.
그러나 남자는 웃고 있었다.
고통이라는 것을 아예 모르는 듯 환희에 물든 얼굴이다.
그리고,

망혼불멸(亡魂不滅), 이이제이(以夷制夷)!

경건한 목소리로 외치는 남자.
천천히 반원을 그리며 목을 훑던 칼날이 촤아악 핏물을 뿌리며 밖으로 빠져나왔다.
그리고 남자의 생기 잃은 몸뚱이가 피 웅덩이에 처박혔다.
쿵!

"…귀화섭혼대법!"

정식명칭은 꼭두각시의 술.

꼭두각시의 술은 왜의 고대 술법 중 귀맥(鬼脈)을 잇고 있으며 피시전자의 심령에 정신을 연결시켜 마치 꼭두각시 인형처럼 육체를 조종한다고 해서 붙여진 명칭이다.

"섭혼귀마(攝魂鬼魔)."

범정이 신음을 흘렸다.

망혼의 일곱 마두 중 일인인 섭혼귀마.

귀화섭혼대법은 이 섭혼귀마의 독문무공이었던 것이다.

망혼불멸이라는 남자의 말.

범정은 눈을 감았다.

창백하게 질린 그 얼굴에 소름이 돋아나 있었다.

'그런데 가만, 이이제이라고?'

적을 이용하여 다른 적을 제압한다는 뜻을 가진 이이제이.

뇌리를 스치는 생각에 범정이 눈을 부릅떴다.

비틀걸음으로 대전을 나가 밑을 내려다보자 전장이 한눈에 들어왔다.

두터운 방벽을 이루고 있던 방책들이 활짝 열려 있고, 그 주변에 왜인의 복장을 한 주검들이 널브러져 있었다.

몇몇 곳에서 전투가 벌어지고 있으나, 제압되는 것은 시간문제로 보였다.

참도방의 완벽한 승리였다.

하지만 범정의 얼굴은 심각하게 굳어져 있었다.

망혼의 깃발이 펄럭인다.
무너진 하늘을 노래하는 망천기(亡天旗)!
망혼의 군세가 잃어버린 땅을 되찾으러 돌아온다.
이윽고,
십여 척의 전선이 망혼도를 포위했다.

第十章　적수(敵手)

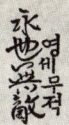

밤바다는 어두웠다.

하지만 횃불을 밝히고 주변을 경계하는 홍의대 사조원들의 얼굴에서 긴장감은 찾아볼 수 없었다.

"아아, 심심해!"

홍의대 부대주 고평수의 얼굴에는 무료함이 가득했다.

지금쯤 전방에서는 전투가 한창일 터.

그러나 후방인 이곳 남쪽 해안가는 평화로움에 노곤한 잠이 몰려올 정도였다.

"이건 뭐, 집 지키는 개도 아니고."

고평수와 사조에게 하달된 임무는 점거한 적선들을 지키고 후방을 경계하는 것.

누군가는 분명 해야 되는 일이기는 하다. 하지만 거기에 왜 자신이 끼어 있어야 하는가.

막말로 후방경계는 사조 중 절반만 있어도 충분했다.

자신처럼 유능한 대원을 후방에 박아놓는 것은 그야말로 심각한 인력낭비였다.

그렇게 갈문엽을 열심히 씹으며 시간을 때우고 있을 무렵, 일이 터졌다.

불길한 공기가 갑판을 휘감더니,

사조와 함께 있던 수색대 전원의 동공에 시퍼런 귀화가 일렁였다.

"망혼불멸, 이이제이!

음산한 목소리로 일제히 외친 수색대원들이 돌연 양 손으로 자신들의 머리를 잡더니, 일말의 망설임도 없이 반대쪽으로 휙 돌려 버렸다.

두둑!

목이 꺾이며 즉사했다.

뭘 어떻게 할 틈도 없이 순식간에 일어난 일이었다. 공포가 들불처럼 일어나 갑판을 뒤덮었다.

망혼불멸, 이이제이!

목이 꺾인 채 죽은 수색대원들이 마지막으로 남긴 섬뜩한 말이 자꾸만 귓전을 맴돌았다.

망혼은 죽지 않으며, 적을 이용하여 적을 제압한다.

불길한 생각들이 뭉치고 갈라지며 어둡고 눅눅한 공포라는 감정을 낳는다.

즉각 상황을 파악한 고평수의 전신에서 날카로운 예기가 일어났다. 그를 뒤덮고 있던 나른함이 순식간에 증발하며 날카로운 기운이 넘실거렸다.

"적이다! 주변 경계를 단단히 하고, 지금 당장 신호탄을 쏘아라! 본진에게 망혼의 부활을 알려라!"

사조장 양충이 퍼뜩 정신을 차리며 부하들을 움직였다.

피유유웅!

황색 신호탄이 긴 궤적을 그리며 하늘을 관통하는 그때,

촤아아아!

물속에서 수십의 인영이 배 위로 솟구쳤다.

범정의 보고를 받은 갈문엽의 얼굴은 딱딱하게 굳어 있었다.

"진정, 망혼이 부활한 것인가?"

갈문엽의 탄식에 범정이 무겁게 고개를 끄덕였다.

"완벽하게 당했습니다. 놈들은 우리를 이용하여 배신자들을 처리했습니다."

"자기네 배신자들을 처단했으니, 다음은 우리 차례인가?"

말이 끝나기 무섭게 황색 신호탄이 솟구쳐 올라 밤하늘에 긴 궤적을 그렸다.

부대주 고평수와 사조가 있는 남쪽 해안 쪽이었다.

"망혼이 움직였나 보군."

갈문엽의 목소리는 의외로 차분했다.

하지만 범정은 알고 있었다. 그가 지금 얼마나 분노하고 있는지를.

"구하러 가야 하는 거 아닙니까?"

"이미 늦었다."

북쪽 준봉에서 남쪽 해안까지는 전력으로 달려도 반 시진이 넘게 걸린다. 반 시진이면 상황이 종료되고도 남을 시간이다. 말 그대로 늦은 것이다.

"믿어라. 평수는 그렇게 멍청한 놈이 아니다."

범정은 고개를 끄덕였다.

고평수는 어리석은 인물이 아니었다.

먹물이라고 불릴 정도로 그의 두뇌는 뛰어났으며, 누구보다 생(生)의 의지가 강했다.

갈문엽은 곧장 다음 전장을 준비했다.

"우리 쪽 피해는 어떻게 되지?"

"경상 오십이 명, 중상 십이 명, 사망 칠 명에 생사를 확인하지 못한 인원이 삼십육 명입니다."

고평수와 사조는 생사불명으로 전력에서 제외되었다.

갈문엽은 긴급회의를 열었다.

흑의대주 위황을 필두로 두 부대의 조장들이 소집되었고, 남궁가에서는 제칠십육 기 잠룡관 총교두인 남궁제환과 수석교두 남궁문후, 제칠십칠 기 잠룡관 총교두인 남궁훈과 수석교두 남궁철우가 긴급회의에 참석했다.

"간단히 말해 우리는 고립되었소."

"적이 누구인가?"

위황의 물음에 갈문엽이 차갑게 대답했다.

"망혼입니다."

장내의 분위기가 싸늘히 식었다.

한참 뒤, 위황이 강렬한 안광을 터뜨리며 말했다.

"은퇴는 잠시 미뤄야겠군."

몇 달 뒤 해가 바뀌면 대주 자리를 부대주 강창식에게 물려
줄 생각이었다. 하지만 망혼이 이를 말린다.

못 다한 싸움을 계속하자고, 그의 무혼을 자극한다.

"작전은 세워두었나?"

"수성입니다."

"그렇군. 그 방법밖에 없겠어. 지금쯤 흑룡과 홍룡은 적의
수중에 떨어졌을 테니."

위황은 그렇게 중얼거리며 피식 웃었다.

"오 년 전과는 정반대의 상황이군."

망혼해전(亡魂海戰)이라고 명명된 대전투의 막바지, 절강연
합은 망혼의 군세를 몰아붙여 망혼도에 고립시켰다.

그리고 펼쳐진 작전이 바로 양동작전이다.

"당했던 대로 복수하겠다는 건가?"

"아마도 그럴 것입니다. 원한을 잊을 놈들이 아니니까요.
그보다 문제는 북쪽 절벽입니다."

"북쪽 절벽은 저희가 맡겠습니다. 저희 오십이 명이면 충분

히 막을 수 있습니다."

범정이었다.

갈문엽은 고개를 저었다.

"현실적으로 너희를 모두 보내는 건 무리다."

"왜입니까?"

"뒤를 지키는 것도 중요하지만 그렇다고 본진의 방비가 허술해져서는 안 되기 때문이다."

갈문엽은 잠시 말을 멈추고는 남궁훈을 쳐다보았다.

"남궁훈 대협께서 홍의대 일조와 삼조를 이끌고 적을 막아주시겠습니까?"

갈문엽의 말에 남궁훈은 고민했다. 하지만 이내 고개를 끄덕였다.

"좋습니다. 대신 일조와 오조를 데리고 가겠습니다."

굳이 무력이 떨어지는 오조를 택한 것은 그곳에 무외가 있기 때문이었다. 남궁훈의 임무는 무외를 보호하는 것이기에 갈문엽이 자신의 조건을 수락하지 않는다면 남궁훈도 그의 부탁을 거절할 생각이었다.

하지만 걱정과 달리 갈문엽은 흔쾌히 허락했다.

"좋습니다. 그렇게 하십시오. 시간이 촉박하니 지금 바로 출발해주십시오."

남궁훈과 범정은 좌중에게 포권을 취한 뒤, 일조와 오조를 데리고 산길을 달렸다.

　　　　　*　　　　*　　　　*

　연후의 신형이 쭉쭉 뻗어나갔다. 그의 옆에는 남궁조휘가
절정의 천리신행을 펼치며 달리고 있었다.

　파라라락!

　쏘아진 화살처럼 엄청난 속도로 내달리는 연후와 남궁조휘
의 전포 자락이 바람에 부딪치며 무섭게 떨어대고, 어둠에 물
든 전경이 등 뒤로 휙휙 지나갔다.

　갈수록 벌어지는 거리.

　다른 조원들과는 이미 보이지 않을 만큼 거리가 벌어졌고,
투광대부 범정도 이십여 장 뒤에 있었다.

　일행과 거리가 너무 벌어지자 두 사람은 간격을 유지하기
위해 속도를 늦췄다.

　그에 범정이 종이 울리는 듯한 우렁찬 목소리로 외쳤다.

　"간격 따윈 신경 쓰지 말고 달려라! 놈들이 절벽을 오르기
전에 우리가 먼저 도착해야 한다!"

　적의 수가 얼마나 되는지도 모르는 이때, 절벽이라는 지형
의 이점까지 빼앗겨 버리면 악전고투를 벌일 수밖에 없다.

　그리고 악전고투의 결과는 전멸이다.

　상대는 다름 아닌 바다의 재앙(災殃), 망혼이기 때문이다.

　파파팟!

　범정의 외침에 두 사람은 다시 속도를 높였다.

　아까 전보다 족히 반배는 빠른 속도.

두 사람은 곧 범정의 시야를 완전히 벗어나 버렸다.

가파른 산길을 무서운 속도로 내달린 연후와 남궁조휘는 정상을 목전에 두고 있었다.

파팟!

땅을 박차며 야조처럼 솟구치는 두 사람의 눈에 정상에 막발을 디디고 있는 흑색 전포를 두른 왜구들이 보였다.

밤의 권역(權域)인 어둠 속에서 그 요악함을 더욱 선명히 드러내는 흑색 전포에 그려진 악귀(惡鬼).

팔부(八部)의 수라(修羅), 흑암(黑巖)의 존마(尊魔)를 묘사한 악귀의 형상은 망혼의 여러 부대 중에서도 그 무력이 한손에 꼽힌다는 흑천수라대(黑天修羅隊)의 상징이었다.

연후는 공중에 뜬 상태에서 활을 빼들고 빙글 앞으로 회전하며 화살을 시위에 걸었다.

탁!

두 발이 땅에 닿는 것과 동시에 시위를 먹인 화살이 날카로운 파공음을 내며 날아갔다.

피이잉!

픽!

한 흑포무인이 화살을 맞고 절벽 밑으로 떨어졌다.

다른 흑포무인들의 반응은 즉각적이었다.

네 명은 주변을 단단히 경계하고, 나머지 네 명은 연후와 남궁조휘를 향해 몸을 날렸다.

스르릉!

남궁조휘가 검을 뽑으며 흑포무인들을 향해 마주 달려나갔
다.

연후는 재빨리 시위에 활을 메겼다. 현을 연주하듯 능숙한
손놀림으로 활을 밀어냈다.

피이잉!

그의 화살이 남궁조휘의 어깨를 스쳐 지나가며 좌측 흑포무
인의 심장을 노렸다.

팍!

그러나 강인한 인상의 흑포무인은 깔끔한 칼 솜씨로 죽음으
로 인도하는 그의 초대를 거절했다. 전처럼 예기치 못한 기습
이라면 모를까, 충분히 대비하고 있는데도 당할 만큼 흑포무
인은 허술하지 않았던 것이다.

연후가 재차 시위에 활을 메길 때, 남궁조휘와 네 명의 흑포
무인이 격돌했다.

채채채챙!

놀랍게도 흑포무인들은 남궁조휘에게 조금도 밀리지 않고
있었다.

정련된 기도에서 어느 정도 짐작은 하고 있었지만, 흑포무
인들은 이전에 상대했던 왜구들과는 차원이 다른 강함을 지니
고 있었다.

'하나같이 일류고수들이다!'

형형한 안광에 서릿발처럼 날카로운 기세가 저들이 만만치

않은 상대들임을 말해주고 있었다.

더구나 상대는 넷이다.

네 명의 일류고수가 펼치는 합격진은 천하의 남궁조휘조차도 쉽게 빠져나오기 힘들 만큼 촘촘한 그물망을 형성하며 강한 압력을 가했다.

하지만 연후는 남궁조휘가 질 거라고는 생각하지 않았다.

'이 정도도 이겨내지 못하면 천재라는 별명이 아깝지.'

남궁조휘와 격렬히 부딪치는 흑포무인들을 향했던 활이 방향을 바꿔 절벽 쪽 흑포무인을 노렸다.

탕!

천리신행을 펼치며 당겼던 시위를 경쾌하게 놓았다.

피이잉!

잔뜩 경계하고 있던 흑포무인은 즉각적으로 칼을 휘둘러 화살을 쳐냈다.

연후가 다시 시위에 활을 걸었다.

'역시 이 정도는 가볍게 막아낸다 이거지?'

피피피이잉!

대기를 연달아 관통하는 세 대의 화살.

각기 노리는 부위가 다르다.

팍팍!

목과 가슴을 노렸던 화살이 칼날에 튕겨 날아갔다.

그러나 아직 마지막 한 발이 남아 있다.

채 칼을 수습하기도 전에 도달한 화살이 이마를 관통하듯 매섭게 짓쳐 들었다.

흑포무인은 급히 몸을 틀었다.

"크윽!"

이마에서 주르륵 피가 흘러내렸다.

마지막 한 발의 화살이 이마를 찢어놓은 것이다.

흑포무인은 굴강한 입술을 비틀어 웃었다. 피를 보기는 했지만, 어쨌든 살아남았기 때문이다.

웃음이 딱딱하게 굳어지는 것은 순식간이었다.

어느새 지척에 도달한 연후가 바로 앞에서 붉은 전포를 펄럭이고 있었다.

활은 저 멀리 바닥에 떨어져 있고, 불길한 기운을 휘감은 검 끝이 그의 가슴에 박혔다.

푸욱!

연후는 흑포무인의 배를 발로 걷어차며 검을 뽑아냈다. 그리고 몸을 빙글 돌려 쇄도하는 흑천수라대의 무인들을 향해 구혈중첩의 일곱 검로를 도도히 풀어냈다.

휘리리릭! 촤아아악!

흑포무인들이 절벽 밑에서 꾸역꾸역 올라오고 있었다.

두 명을 죽이고 한 명의 손목을 베는 그 짧은 시간 동안 어느새 열이 넘는 흑포무인이 절벽을 올라와 연후를 포위해 버렸다.

휘리릭, 쐐애액!

돌개바람을 일으키듯 휘몰아치는 흑포무인들의 칼날에 붉은 전포가 너덜거렸다.

'제길!'

공격이 제대로 이어지지 않았다. 기회다 싶어 검을 내뻗으면 초식이 완전히 펼쳐지기도 전에 전후좌우에서 칼날들이 날아왔다.

한 명을 죽이기 위해 부상을 감수할 수는 없었기에 연후는 검을 회수하여 공격을 방어로 돌렸다.

매번 이런 식이다 보니 제대로 된 공격은 생각도 할 수 없는 연후였다.

'으윽!'

한 흑포무인의 칼날이 옆구리를 스치고 지나갔다. 다행히 내장이 튀어나올 정도로 큰 부상은 아니지만, 이것은 시작에 불과했다.

피슛!

왼쪽 어깨에서 치솟는 핏물.

그와 동시에 측면에서 쇄도해 들어온 칼이 그의 배를 노렸다.

쌔애액!

급히 철판교의 수법을 펼쳐 몸을 뒤로 눕힌 연후가 바로 뒤에서 공격을 준비하고 있던 흑포무인의 발목을 베었다.

촤악!

핏물이 얼굴에 튀었다. 하지만 그에게는 핏물을 닦을 시간이 없었다. 비조처럼 날아오른 흑포무인이 그의 몸통을 쪼개기 위해 칼을 내려치고 있었다.

콰앙!

황급히 바닥을 굴러 공격을 피한 연후가 몸을 일으키려고 하자 독기를 품은 칼날들이 사방에서 쇄도했다.

탁!

땅을 박차며 비쾌하게 솟구친 연후가 몸을 회전시키며 검막을 펼쳤다.

채채채챙!

노란 불꽃이 튀며 흑포무인들이 물러났다. 그 틈에 바닥에 착지한 연후의 팔과 다리에서 피가 흘러내렸다.

검막을 뚫고 난입한 몇 개의 칼이 그의 몸에 상처를 낸 것이다.

'좋지 않아.'

아니, 좋지 않은 정도가 아니라 위기였다. 이렇듯 자잘한 상처들이 하나둘씩 쌓이다 보면 어느 순간에 결국 파탄이 일어날 것이다.

위기를 인식한 그의 내면에서 어둠이 요동쳤다. 연후는 굳이 어둠을 제지하지 않았다. 어차피 죽여야 할 적이기에!

화아악!

내면에 잠자고 있던 어둠이 일어나며 연후의 입가에 말간 웃음이 떠올랐다.

무감정한 얼굴 위로 해일처럼 감정이 넘쳐나고, 말간 웃음

끄트머리에 걸린 입 꼬리에서 어둠 특유의 지독한 살기가 뿜어져 나왔다.

어둠이 발하는 원초적인 공포에 흑포무인들이 움찔 뒤로 물러났다. 하지만 흑포무인들은 백전을 거친 악귀들, 공포를 억누르고 걸음을 내디뎠다.

연후의 웃음이 더욱 짙어졌다. 단련된 정신력으로 공포를 억눌렀다고는 하나, 그 여파가 완전히 없지는 않은지 포위망이 좁혀졌음에도 압박감은 전보다 훨씬 덜했다.

푸욱!

연후가 가한 불의의 일격에 한 흑포무인이 가슴을 부여잡고 쓰러졌다.

확실히 반응이 느렸다.

퍼뜩 정신을 차린 흑포무인들이 연후를 공격할 무렵에는 이미 두 명의 흑포무인이 더 목숨을 잃은 뒤였다.

허무하게 동료들을 잃은 흑포무인들이 연후에게 맹공을 퍼부었다.

채채채채쟁!

쉴 새 없이 터져 나오는 충돌음, 연후는 숨 돌릴 틈도 없이 검을 휘둘렀다. 천뢰금마대법이라는 금제를 피해 몸속 깊은 곳에 숨어 있던 좁쌀만 한 크기의 천마불사혈기를 동력으로 이용한 어둠이 연후의 육체를 신들린 듯 움직였다.

하지만 흑포무인들은 하나같이 경지에 오른 일류고수.

적의 목숨을 하나 취할 때마다 상처 하나가 몸에 각인되었다. 얼추 열 명이 넘는 적을 죽였지만, 어느새 스무 명이 넘는 적들이 그를 포위하고 있었다.

그렇게 얼마의 시간이 흘렀을까?

한시도 쉬지 않고 몸을 움직이고 검을 휘두르다 보니 천마불사혈기가 빠르게 소진되었다.

얼마 뒤.

천마불사혈기가 완전히 소진되자 어둠이 침잠하고 다시 연후의 자아가 의식의 수면 위로 부상했다.

말간 웃음이 지워지고, 무감정한 얼굴의 연후가 쏟아지는 칼들을 막기 위해 구혈중첩을 펼쳤다.

채채채채챙!

일격, 일격이 금검의 검공에 비견되는 구혈중첩답게 노도와도 같은 공격을 완벽하게 막아냈다.

문제는 그 뒤였다.

연후가 재차 구혈중첩을 펼치자 그 단절의 순간을 뚫고서 난입한 칼이 그의 허벅지를 베었다.

'으윽!'

다리를 타고 흘러내리는 핏물. 혼자서 구혈중첩을 다듬을 때는 미처 몰랐던 단점이었다.

이제라도 알았으니 다행이라고 해야 하나.

'다행은 개뿔!'

목숨이 경각에 처했는데, 뭐가 다행이란 말인가. 빌어먹을 다행이고, 얼어 쳐 죽일 다행이다.

혹포무인들은 단절의 순간을 집중적으로 공략했다.

집요할 정도로…….

자아, 이제는 정말 선택해야 할 때다.

길은 두 개였다.

연결의 매끄러움을 되찾아 방어를 견고히 하는 것과 연결이고 뭐고 무식하게 힘으로 뚫어버리는 것!

전자는 창궁십이검과 묵암팔검으로의 회귀이고, 후자는 십혈 이상의 중첩이다.

예전의 그라면 아마 전자를 선택했을 것이다.

조금만 더 버티면 총교두님과 범정 조장, 그리고 조원들이 도착할 것이기 때문이었다.

하지만 연후는 일말의 망설임도 없이 후자를 선택했다.

열네 살 가을,

그는 분석을 통제하고, 투지를 연기하기로 마음먹었다.

강자에게도 강해지기 위해!

전력으로 혹포무인들의 공격을 방어하면서 중첩의 횟수에 대해 진지하게 고민했다.

'십혈중첩이면 일각은 버틸 수 있다!'

하지만 포위망을 단숨에 뚫기에는 폭발력이 부족하다.

'위력이라면 단연 십이혈중첩이 뛰어나지만…….'

단 한 번 펼치는 것만으로 하문이 텅 비어버리게 되니, 실전에서 쓰기에는 아직 무리였다.

결국 남은 것은 십일혈중첩밖에 없다. 하지만 십일혈중첩은 다섯 번이 한계였다.

게다가 개발된 육도도 아직 하나밖에 없다.

과연 통할까, 통하지 않을까.

머리가 복잡해지려고 하자 어금니를 꽉 깨물며 잡념을 털어버렸다.

그리고 그는 열한 개의 혈을 연결하는 단 하나의 육도를 열고서 전신의 선천지기를 고양시켰다.

화아아아악!

육체에 그려지는 아름다운 궤적, 육도.

체음이 호흡을 불어넣자 선천지기가 육도 위를 미끄러지듯 질주했다.

전신 근육이 태산이 일어나듯 무섭게 팽창하고 하나의 혈을 거칠 때마다 선천지기는 눈덩이처럼 몸집을 불렸다.

순식간에 구혈을 돌파하고 십혈에 도달했다.

두둑, 두두둑!

골격이 순간적으로 뒤틀릴 정도로 육체에 가해지는 압력은 대단했다. 하지만 이 정도 고통에 흔들릴 정도로 그의 정신은 약하지 않았다.

아니, 고통을 느낄 틈도 없었다.

중첩되고 증폭된 선천지기가 십 혈과 십일 혈을 지나 검을 관통할 때에야 뒤늦게 고통이 찾아왔다. 그만큼 선천지기의 질주는 쾌속했다.

순간, 중문이 진동했다.

때가 되지 않았음에도 자꾸만 진동하는 중문.

찍어 누르듯 중문의 진동을 억눌렀다. 흐트러지는 마음을 붙들고 온 정신을 검끝에 집중했다.

그리고,

회오리치는 경력이 대기를 일그러뜨리며 전방의 흑포무인들을 향해 폭사했다.

콰콰콰콰!

노도와도 같은 경력의 폭풍에 정련된 육신들이 박살 났다.

파아아앗!

대기에 자욱하게 뿌려지는 피.

박살 난 육신들이 후두둑 바닥에 떨어진다.

휘청!

연후의 신형이 중심을 잃고 비틀거렸다.

하지만 아무도 그를 공격하지 않는다. 충격과 공포에 몸이 굳어진 것이다.

'움직이려면 지금!'

포위망의 일각이 무너졌다 하나, 흑포무인들의 수는 여전히 많았다.

아직 안심할 단계가 아니었다.

연후는 목까지 올라오는 피를 꿀꺽 삼키며 재빨리 신형을 날렸다.

뒤늦게 흑포무인들이 포위망을 좁히려고 했지만, 연후가 슬쩍 검을 들자 깜짝 놀라며 급히 몸을 물렸다.

연후는 그런 흑포무인들의 반응에 속으로 안도의 한숨을 내쉬었다.

현재 그의 몸은 내부가 뒤흔들려 엉망진창이었다.

중문의 진동을 강제로 억누르다 그 반동에 내상을 입은 것이다. 지금 이 몸으로는 육체에 막대한 압력을 가하는 십일혈 중첩은 무리였다.

선천지기가 빠르게 내상을 치료하고 있지만, 내부가 안정되려면 어느 정도 시간이 필요했다.

'허세든 뭐든 일단 포위망을 돌파한다!'

날숨을 길게 내뱉으며 한줄기 섬광처럼 돌진했다.

그의 발이 향하는 곳.

그곳에 악전고투를 벌이고 있는 남궁조휘가 있었다.

남궁조휘를 에워싸고 있는 흑색의 벽은 너무도 두터워 일반적인 방법으로는 허물 수 없었다.

물결처럼 일렁이는 흑색의 벽을 노려보며 연후가 짧게 숨을 들이켰다.

화아아아악!

전신에서 뿜어지는 강렬한 기파에 몇몇 흑포무인이 뒤를 휙 돌아보았다. 하지만 그때에는 이미 쾌와 중의 중첩을 마친 검격이 기묘한 궤적을 그리고 있었다.

쾨직, 파아아아악!

휘몰아치는 막대한 경력에 피육으로 이루어진 육신들이 폭발하듯 터져 나갔다.

연후는 대기에 뿌려지는 피와 붉은 살점들을 온몸으로 맞으며 크게 한 발을 내디뎠다.

쿠웅!

견고한 벽을 뚫고서 도착했다.

단단한 어깨와 넓은 등.

육척장신의 남자가 고개를 천천히 돌렸다.

피와 광기가 넘실대는 전장 속에서도 특유의 기품을 잃지 않는 남궁조휘. 무결점의 옥조각상처럼 완벽한 외모의 남궁조휘가 피에 젖은 연후를 맞이했다.

"용케 죽지 않았군."

"너야말로."

대화는 그걸로 끝이었다.

남궁조휘가 다시 고개를 돌리자 굴강한 그의 등이 눈에 들어온다.

몸을 돌리는 연후.

등과 등이 맞대어지며 강렬한 투기가 일어난다.

'죽어도 약한 모습은 보이지 않겠다!'

몸이 채 회복되기도 전에 무리하게 십일혈중첩을 펼쳐 내상이 깊어졌지만, 연후는 전신 구석구석을 휘도는 열기에 단단한 미소를 지었다.

보이진 않지만 남궁조휘도 아마 그와 비슷한 미소를 짓고 있을 것이다.

누구보다도 믿기에…….

저 녀석에게만큼은 죽어도 질 수 없기에…….

등을 맡길 수 있다.

적수(敵手)!

하늘이 내리고 땅 위에서 기적을 일구어낸다.

두근, 두근!

맞닿은 등을 통해 전해지는 체온과 박동.

수많은 적들이 포위하고 있어도 조금도 두렵지 않다. 도리어 장대한 웅심이 뜨겁게 피어오른다.

"만약 오늘 이 전투에서 우리가 살아남으면……."

뜬금없이 말을 여는 남궁조휘.

맞닿은 등을 통해 남궁조휘의 심장박동이 빨라지는 것이 느껴진다.

"형이라… 불러라."

의외의 말이며, 상황에도 어울리지 않는 말이다. 하지만 연후는 진지하게 고개를 끄덕였다.

"좋다. 살아남는다면 얼마든지 불러주지. 대신 죽지 마라. 무덤에다 형이라 부르기는 싫으니까."

기다리기 지쳤는지 적들이 압박을 가해온다.

흑천수라대.

마치 어둠이 밀려오듯 굉장한 압력이다.

두 사람은 죽음을 직감했다. 하지만 그 누구도 죽음을 입에 담지 않는다.

역부족임을 알지만 물러나지 않는 기백과 의지!

대남궁가의 정신이다.

우우우우웅!

웅혼한 기상이 운무처럼 퍼져 나가고, 삼엄한 검기(劍技)가
화려하게 피어난다.

망혼도 북쪽의 기암절벽.

광포한 검은 물결 속에서 검광이 번득였다.

第十一章

금단(金丹)

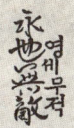

달빛 한 점 없는 어둡고 가파른 산길.

기이할 정도로 적막하다.

무외는 산기슭 따라 흐르는 무거운 공기에 불길한 예감이
들었다.

불길함의 진원지는 그들이 향하고 있는 정상. 상단의 적천
신화결이 뜨겁게 달아오르며 위험을 경고한다.

무외의 옥처럼 고운 얼굴이 굳어졌다.

'연후야. 너, 괜찮은 거지?'

불길함이 똬리를 튼 그곳에 연후가 있다고 생각하자 불안감
이 엄습했다.

[소공, 무슨 걱정이라도 있으십니까?]

남궁훈이었다.

오 조에 소속된 남궁가의 기재들을 보호한다는 명목 아래 맨 후미에서 뒤따르던 남궁훈이 무외의 상태가 이상함을 눈치 채고 전음을 보낸 것이었다.

남궁훈의 걱정 어린 얼굴을 보며 무외가 짐짓 웃음을 지어 보였다.

[괜찮아요, 나는…….]

아니, 그는 하나도 괜찮지 않았다.

마음은 이미 정상에 가 있지만, 그의 발을 묶은 굴레에 걸음 이 더디다.

그래서 답답하다.

능력이 있음에도 그것을 드러낼 수 없는 현실이…….

'나는 무엇을 두려워하고 있는 걸까?

줄곧 감추고 있던 정체가 밝혀지는 것이 두려운 것인가?

아님 그로 인해 연후와 더 이상 함께할 수 없는 것이 두려운 것인가?

정상이 가까워질수록 불안감은 눈덩이처럼 불어났다.

위험을 경고하는 적천신화결이 한없이 격렬해지고, 심장이 미친 듯이 쿵쾅거렸다.

더 이상은 억누를 수가 없었다.

아니, 억누르기 싫었다.

정체가 밝혀지는 것이 뭐 어쨌단 말인가!

떠나면 그뿐인 것을…….

연후와 헤어지는 것은 싫지만 살아만 있다면 언제고 볼 수 있으니, 두려워 할 필요가 전혀 없었다.

각오를 다진 무외의 눈에 붉은 기운이 떠올랐다.

화르르륵!

지옥의 겁화처럼 뜨거운 열기가 사방으로 뻗어나가며 발을 묶고 있던 굴레가 녹아내렸다. 그리고 천리신행을 펼치던 발이 군림의 작보를 밟았다.

타앙!

무외의 신형이 튕기듯 앞으로 쏘아져 나갔다.

"소공!"

얼마나 다급했는지 남궁훈이 전음이 아닌 육성으로 외치며 무외의 뒤를 쫓았다.

파라라라락!

매섭게 펄럭이는 옷자락. 공간을 단축하듯 엄청난 속도로 뻗어나간다.

무외는 마치 한줄기 붉은 섬광과도 같았다.

엄청난 열기를 뿜으며 놀라운 속도로 동기들과 선임들을 추월하는 무외.

어느새 오조의 선두를 따라잡고서 거침없이 정상을 향해 내달린다.

그렇게 정상을 얼마 남겨두지 않았을 때, 무외의 신형이 멈칫했다. 홍의와 왜인의 복색을 한 두 무리가 뒤엉켜 격전을 벌이고 있었던 것이다.

한눈에 봐도 홍의를 입은 무리가 밀리고 있었다.

개개인의 실력에서는 홍의를 입은 무리가 우세를 보이고 있으나, 숫자에서 밀린다.

족히 세 배가 넘는 전력의 차이.

홍의대 일조장 범정과 잠룡관의 다섯 교두 중 하나인 남궁진무의 지휘 아래 견고한 방진을 이루어 대항하나 바닥에는 이미 몇 명이 피를 흘리며 쓰러져 있었다.

다행히 연후는 보이지 않았다. 연후는 아마 정상으로 향한 듯했다. 무외는 고개를 들어 어둠 속에 잠겨 있는 정상을 노려보았다. 적천신화결이 계속해서 위험을 경고하고 있었다.

저기 저 위, 정상에 거대한 위험이 도사리고 있다고.

'어떻게 해야 하지?'

위기에 빠진 동료들을 보니 발길이 떨어지지 않았다. 하지만 고민은 짧았다. 저들의 안위도 중요하지만 그에게는 연후가 훨씬 중요했다.

냉정하지만 그것이 그의 결정이었다.

연후는 어머니를 땅에 묻고서 처음으로 마음을 준 상대.

다른 것은 생각하지 않기로 했다.

단 하나, 그를 구하겠다는 일념으로 정상을 향해 걸음을 내디뎠다.

몸을 날리는 그의 앞을 네 명의 왜인이 막아섰다. 좁은 길이 네 명의 왜인으로 인해 완전히 막혀 버렸다.

형형한 안광과 살벌한 기세. 만만치 않은 상대들이다.

치리리링!

무외는 달리는 기세 그대로 검을 뽑아 휘둘렀다.

만개한 꽃처럼 검 끝에서 염화(炎火)가 화려하게 피어오르고, 둔검의 족쇄를 둔 막강한 검력이 왜인들의 기형도를 무참히 박살 냈다.

콰앙!

피를 토하며 무너지는 네 명의 왜인. 무외가 바람처럼 그들을 스쳐 지나갔다.

남궁훈이 뒤따라오려 하자 무외가 엄중한 목소리로 말했다

"적룡대주는 이곳에 남아 저들을 구하도록 하세요."

"소공!"

"명령입니다!"

남궁훈은 무외의 명을 듣지 않으려고 했다. 하지만 그는 걸음을 멈출 수밖에 없었다.

팔척장신에 거대한 참마도를 어깨에 걸치고 있는 남자.

얼굴의 반쪽을 긴 머리카락으로 가린 남자의 전신에서 폭풍과도 같은 기세가 뿜어져 나오고 있었던 것이다.

남자의 눈은 무외를 쫓고 있었다.

당장에라도 땅을 박차고 무외를 향해 몸을 날릴 것만 같았다.

남궁훈은 입술을 질끈 깨물며 검을 뽑았다.

'곧 따라가겠습니다, 소공!'

＊　　　＊　　　＊

　쿠웅!

　중문의 대지에서 불길한 울림이 터져 나온다.

　한순간 멈칫거리는 검.

　몸 전체로 퍼져 나가는 강력한 진동에 순간적으로 검의 제어권을 잃어버렸다.

　급히 정신을 집중하여 검을 제어하나 노련한 흑천수라대는 그 찰나의 틈을 놓치지 않는다.

　피핏!

　본능적으로 몸을 트는 연후.

　하지만 영활한 독사처럼 휘어져 들어온 칼이 어깨살점을 뜯어낸다.

　연후는 상처를 신경 쓸 여유가 없었다.

　먹이를 노리는 맹수처럼 뒤를 제외한 모든 방향에서 흉흉한 칼날이 날아들었다.

　연후는 다급히 연원보를 밟으며 검을 휘돌렸다.

　채채채채챙!

　정신없이 검을 휘둘러 적의 공세를 겨우 막아냈다. 하지만 적의 공격은 기세를 탄 파도와도 같았다.

　전면의 흑포무인들이 뒤로 물러나는 것과 동시에 또 다른 흑포무인들이 달려들었다.

　숨 고를 틈도 주지 않는 노도와도 같은 공격. 연후는 팔이 끊어져라 검을 휘둘러 방어했다.

허리와 목을 노리는 칼을 쳐내고 가슴을 찌르는 칼을 몸을 틀어 피했다.

뒤이어 쏟아지는 공격에도 그는 당황하지 않고 대응했다.

그때, 중문에서 또다시 진동이 일어났다.

'크윽!'

연후의 미간이 찌푸려졌다.

발작의 주기가 점점 빨라지고 있었다.

'빌어먹을!'

부르르 떠는 중문의 진동에 흐름이 뚝뚝 끊기며 엄중한 검막에 틈이 생겼다.

연후는 날뛰는 선천지기를 다독이고 급히 검을 제어했다. 하지만 그 찰나의 멈칫거림이 위기를 초래했다.

연후는 직감적으로 깨달았다.

늦었다는 것을.

역시나 예측은 틀리지 않았다.

전력을 다해 연원보를 밟고 적들의 공격을 막아냈지만, 결국 하나를 놓쳐버렸다.

그의 팔을 베기 위해 무섭게 쇄도하는 칼. 피하기에는 이미 늦어버렸다.

연후의 눈이 단호하게 변했다.

'원한다면 내주마! 대신… 그 목숨을 취하겠다!'

입술을 꽉 깨문 연후의 눈이 무섭도록 스산한 광망을 뿜으며 번들거렸다.

그때, 그의 어깨를 잡아 돌리는 손이 있었다.

빙글!

타의에 의해 반전하는 연후의 몸.

덩달아 반원을 그리는 그의 시야에 아름답게 펼쳐지는 청색의 빛무리가 보였다.

파아아앗!

하늘을 담아놓은 듯한 신비로운 청색 빛무리가 짓쳐드는 칼을 부수고 적의 육체를 파괴했다.

연후의 눈이 부릅떠졌다.

믿기지 않아 뒤를 힐끔 돌아보기까지 했다.

검기(劍氣)!

신기루처럼 은은한 여운을 남기고 사라지는 그것은 분명 절정을 상징하는 검기였다.

연후는 남궁조휘에게 진심으로 감탄했다.

약관이 되기도 전에 절정에 오르다니!

하늘이 내린 천재라 불렸던 당대 청룡검주인 남궁위진조차도 나이 스물하나에 오른 절정의 경지를 남궁조휘는 그보다 두 해나 빨리 오른 것이다.

비록 아직은 검기발출이 능숙하지 못해 힘에 부치는 모습이 역력하나 천부의 재능의 소유자인 남궁조휘라면 멀지 않은 미래에 검기를 완벽히 다룰 수 있을 것이다.

천재 남궁조휘.

그 재능은 이미 남궁세가를 넘어 천하에 닿아 있었다.

물론 천부의 재능이라는 것도 일단은 살아남아야 화려하게 만개할 수 있을 테지만…….

채채채챙!

연후는 검을 휘두르며 눈앞의 적에 집중했다.

남궁조휘와 위치를 바꾸며 한숨 돌리게 되었지만, 여전히 위기는 계속되었다.

'범정 조장님과 선배들은 왜 오지 않는 거지?'

동료들의 도움이 간절했다.

하지만 지금까지 오지 않는 것을 보면 무슨 문제가 생겼음이 틀림없었다.

결국 남궁조휘와 자신, 두 사람만의 힘으로 이 상황을 타개해야 하는데, 솔직히 그건 무리였다.

어떻게 생각하면 지금까지 버틴 것만 해도 기적이었다.

흑천수라대.

개개인이 모두 일류의 무위를 지녔으며, 왜인 특유의 난폭한 도법은 흉험하기 그지없었다.

단 한순간도 쉬지 않고 검을 휘두르나 적의 피해는 전무.

놈들은 영악하게도 차륜전을 벌이고 있었다.

포위망을 견고히 구축한 채 절대 무리를 하지 않아 자신의 아까운 체력과 기력만 소진되고 있었다.

실제로 전투가 벌어진지 얼마 되지도 않았건만 몸은 천근만근이다.

크고 작은 상처들과 너무나 많이 흘린 피. 만약 옆에 남궁조휘가 없었다면 진즉에 죽었을 것이다.

자신은 남궁조휘의 등을, 남궁조휘는 자신의 등을 든든히 지켜주었기에 이 정도나마 버틸 수 있었던 것이다.

아니다.

처음에는 그랬을지 모르나 이제는 상황이 달라졌다.

'나는… 녀석의 발목을 붙잡을 뿐이다.'

빌어먹을 중문의 진동이 원흉이다. 이제는 매 호흡마다 진동이 일어난다.

당장에라도 중문이 열릴 것처럼.

"크윽!"

바로 옆에서 들려오는 익숙한 신음에 연후가 고개를 휙 돌렸다.

같은 남자가 봐도 질투가 날 만큼 잘생긴 얼굴이 가장 먼저 눈에 들어왔고, 반쯤 부서진 완갑 밑으로 뚝뚝 떨어지는 핏물이 그의 시선을 붙들었다.

'등 뒤에 있어야 할 조휘가 왜 내 옆에 있는 거지?'

답은 간단했다.

다름 아닌 자신 때문이다.

원래라면 입지 않아도 될 부상이었다.

자신이 부족하여 녀석을 무리하게 만들었고, 결국 이렇듯 부상까지 입게 만들었다.

평소에 똑똑한 척은 혼자 다 하면서 지금은 왜 이렇게 머리가 안 돌아가는지.

남이야 어떻게 되든 일단 제 몸부터 챙겨야 할 것이 아닌가!

그런데 이 바보 같은 놈은…….

"씨팔!"

연후는 욕지거리를 내뱉으며 고개를 돌렸다.

더 이상은 볼 수 없었기 때문이다.

고고한 천재가 혈인(血人)으로 변하는 모습을.

'이제 그만 날 포기해!'

하지만 고지식한 남궁조휘가 자신을 포기할 리 없었다.

남궁조휘는 그런 놈이니까.

결국 이 무력한 손으로 끊어내야 한다.

녀석의 발목을 붙잡고 있는 '나'라는 짐 덩어리를. 연후는 씁쓸히 웃으며 내부를 관조했다. 중문은 이미 반쯤 열려 대자연과 소통하고 있었다.

검의 제어는 불가능했지만, 정신을 집중하면 십일혈중첩은 어찌어찌 될 것도 같다. 하지만 연후가 원하는 건 십일혈중첩이 아닌 패도를 걷는 십이혈중첩이다.

'무리겠지. 몸 상태가 최상일 때도 한 번이 고작이었으니.'

하지만 이미 죽음을 각오한 연후였다. 아니, 죽음은 이미 그에게 기정사실이었다. 굳이 흑포무인들이 아니더라도 그는 죽게 될 것이다.

지금 이 순간에도 그의 육체는 빠르게 죽어가고 있었다. 강한 정신력으로 버티고 있지만, 곧 영원한 암흑이 그의 의식을 집어삼킬 것이다.

몸에 각인된 상처만 해도 서른여 개. 당장 치료하지 않으면 목숨이 위험한 상태였다. 하지만 현실적으로 치료는 불가능했으니, 결국 그는 죽을 운명인 것이다.

'어차피 죽을 목숨, 화려하게 불태워 공포를 보여주리라!'

쿠웅!

웅혼한 진각에 선천지기가 일어나 육도를 질주했다. 순식간에 열 개의 혈을 중첩하고, 그 다음 열한 개의 혈까지 중첩했다.

하지만 거기까지였다.

그가 지닌 선천지기로 가능한 중첩은…….

하지만 그는 밀어붙였다.

부족한 힘을 채우기 위해 전신 근육을 비정상적으로 뒤틀었다.

투툭, 툭툭툭!

한계치를 훌쩍 넘어서버린 과도한 몸의 뒤틀림에 근육들이 연이어 끊어지고 파열했다. 통증에 꽉 깨문 입술이 터지며 피가 주르륵 흘렀다.

육체에 가해지는 막대한 압력에 상처들이 찢어지며 피가 분수처럼 뿜어져 나왔다. 중문이 우그러들듯 진동했고, 두 눈의 실핏줄이 터지며 온 세상이 붉게 물들었다. 그렇게 의지만으로 열두 번째 혈을 중첩했다.

'할아버지, 조금만 기다리세요. 이제 곧 갈게요!'

열두 개의 혈을 거치며 황하의 물줄기처럼 거대해진 선천지기가 검을 매개체로 포효했다.

콰아아아아!

폭발적으로 뻗어 나가는 검격.

격류가 뒤집히듯 굉렬한 폭음이 전방에 작렬했다.

파아아아앗!

검역 안에 속한 모든 것이 박살 났다.

뒤틀리고 찢겨진 피육 아래로 핏물이 비처럼 흘러 내렸다.

인세에 만들어진 지옥.

악몽과도 같은 가공할 위력에 흑천수라대는 전율했다.

흑천수라대 전원의 시선이 향한 곳.

연후가 검을 뻗은 상태로 환하게 웃고 있었다.

남궁조휘는 연후가 의식을 잃었음을 한참 뒤에야 알았다.

*   *   *

전율이 혈관을 타고 전신 구석구석으로 뻗어 나갔다.

남궁조휘는 주먹을 불끈 쥐었다.

전장을 단번에 침묵시키는 연후의 검격.

절대무쌍의 패도적인 검력에 흑포의 왜구들이 공포에 질린 얼굴을 하고 있었다.

폐부가 뻥 뚫릴 만큼 통쾌했다.

그러나 마음 한편에는 씁쓸함이 자리했다.

'…괴물 같은 놈!'

그러다 연후가 의식을 잃은 것을 깨닫고는 쓰게 웃었다.

녀석의 생각이 훤히 짐작되었기 때문이다.

녀석은 짐이 되기 싫었던 것이다.

그래서 단 한 줌의 힘조차 남겨두지 않고 모두 쏟아부은 것이다.

자신이 잡고 있던 손을 단호히 끊어버린 연후는 이렇게 말하고 있었다.

이제 그만 포기하라고.

누구보다도 자존심이 강한 연후다운 행동이었다. 하지만 그는 연후를 포기할 생각이 없었다.

어리석은 행동이란 건 그도 안다. 하지만 여기 이 가슴이 원하니 따를 수밖에…….

남궁조휘는 곧바로 움직였다.

저들이 정신을 차리기 전에 포위망을 빠져나가야 한다.

흑천수라대가 충격에 빠진 지금이 기회였다.

연후를 한쪽 팔에 안고서 반쯤 허물어진 포위망을 돌파했다.

그에 퍼뜩 놀란 흑포무인들이 괴성을 지르며 달려들었다.

남궁조휘는 더욱더 내력을 끌어올렸다. 하지만 검기를 무리하게 남발한데다 겹겹이 쌓인 부상에 내력이 뚝뚝 끊기며 순식간에 속도가 죽어버렸다.

게다가 그의 왼팔에는 축 늘어진 연후까지 안겨 있으니 얼마 전진하지도 못하고 다시 포위망에 갇혀 버렸다. 남궁조휘는 이를 악물고 검기를 발출했다.

휘리리릭!

검신을 휘감은 청색의 빛무리가 전방의 흑포무인들을 베고 길을 열었다. 무리한 공력의 운용으로 내부가 들끓었지만, 남궁조휘는 올라오는 피를 삼키며 천리신행을 펼쳤다.

그러나 처음보다 확연히 느린 속도였다. 결국 몇 걸음 옮기지도 못하고 다시 포위망에 갇혔다.

그렇게 필사의 도주는 고작 백여 장을 전진하는 걸로 막을 내렸다.

위안이라면 놈들의 뒤쪽에 오만하게 뒷짐을 지고 서 있는 남자를 움직이게 만들었다는 것이다.

육척이 넘는 장신에 긴 머리를 휘날리는 중년의 남자.

파아아앗!

남자가 한 발을 내딛자 숨기고 있던 발톱을 드러내듯 그의 몸에서 야수처럼 광포한 기세가 줄기줄기 뿜어져 나왔다.

남궁조휘의 눈동자가 크게 흔들렸다.

주변을 지배하는 남자의 기파는 대남궁가의 장로들에게도 뒤지지 않았다. 대남궁가의 장로라 하면 강호에서도 알아주는 고수일진데, 절강의 해적 따위가 그에 버금가는 기도를 보여주고 있었던 것이다.

저벅!

남자가 다시 한 발을 내딛자 단단한 몸을 휘감은 칠흑의 전포가 살짝 벌어지며 대태도와 소태도가 드러났다.

적색의 대태도와 흑색의 소태도였다.

처억!

남자의 걸음에 흑천수라대가 물이 갈라지듯 길을 열었다.

남자는 그렇게 그를 향해 다가오고 있었다.

거부할 수 없는 죽음처럼.

하지만 남궁조휘는 조금도 두렵지 않았다.

단지 연후에게 형이라는 소리를 듣지 못하고 죽는 것이 조금 아쉬울 뿐…….

남궁조휘는 씁쓸히 웃으며 연후를 바닥에 내려놓았다. 그리고 그는 결연한 얼굴로 마지막 일전을 준비했다.

고오오오!

청룡무상신공이 내력을 일으키고, 검끝에서 창천무애의 창대한 검로가 풀려나온다.

대남궁가의 삼엄한 검기에 남자의 눈이 이채를 머금었다.

스르릉!

맑은 울림과 함께 천천히 소태도가 뽑혀져 나왔다.

하지만 그뿐이다.

적색의 대태도는 처음과 마찬가지로 요지부동.

움직일 기미 따윈 없다.

마치 너 따위는 이 소태도만으로도 충분하다는 듯한 오만한 태도에 남궁조휘의 한쪽 눈썹이 꿈틀 움직였다.

그와 동시에 청색의 빛무리가 남자를 향해 폭사했다.

슈우욱, 콰아아앙!

남자의 소태도가 반원을 그리는 순간, 쇄도하던 남궁조휘의 몸이 뒤로 튕겨 날아갔다. 땅에 처박힌 몸을 힘겹게 일으키던 남궁조휘가 왈칵 피를 토했다.

"우욱, 우에엑!"

남자는 뒤도 돌아보지 않고 몸을 휙 돌렸다. 악귀가 그려진 칠흑의 전포가 펄럭하고 휘날렸다.

남궁조휘는 한 점의 미련조차 두지 않는 그의 뒷모습을 노려보다 픽하고 웃었다.

'어차피 몸이 정상이었더라도 이길 수 없는 상대였어.'

남궁조휘는 패배를 겸허히 받아들였다.

곧이어 다가올 죽음까지도.

저벅저벅!

한 흑포무인이 다가와 칼을 높이 들었다.

그의 최후를 관전하기 위해 다가온 여러 흑포무인들이 어느새 그를 에워싸고 있었다.

이제 죽음과의 간격은 고작 한 걸음. 남궁조휘는 결연한 표정으로 눈을 감았다.

그때, 산 아래쪽에서 굉렬한 파공음이 들려왔다. 엄청난 속도로 뭔가가 날아오고 있었다.

남궁조휘는 한참이 지나도 고통이 느껴지지 않자 천천히 눈을 떴다.

화아아아아악!

눈을 뜨고 가장 먼저 본 것은, 아니 그가 느낀 것은 장내를 휩쓰는 폭염과도 같은 열기였다.

그리고 얼마 뒤, 포위망의 일각이 무너졌다.

흑천수라대의 견고한 방벽이 불에 타 허물어지고 있었다.

그것은 실로 경이로운 광경이었다.

'총교두님이 오신 건가?'

절벽으로 향한 일행 중 가장 고강한 무위를 지닌 남궁훈을 머릿속에 떠올린 건 당연한 일이었다. 하지만 남궁조휘는 자신의 생각이 틀렸음을 얼마 지나지 않아 확인할 수 있었다.

화르르륵!

휘몰아치는 광염(狂炎)의 폭풍에 남궁조휘를 에워싸고 있던 흑포무인들이 맥없이 무너졌다.

그리고 드러나는 절세의 미안(美顔)!

짐작조차 하지 못한 얼굴이 그곳에 있었다.

그는 무외였다.

                    *   *   *

고작 두 명에게 당한 피해는 실로 막대했다.

천하의 흑천수라대가 약관도 되지 않은 애송이들에게 마흔 여명이나 당한 것이다. 하지만 흑천도마(黑天刀魔)는 부하들의 죽음에 분노하기보다 저들이 보여준 놀라운 무용에 박수를 보냈다.

망혼칠마 중 일인인 흑천도마는 천생무인이었던 것이다.

'중원(中元), 진정 넓구나!'

바다 건너 본국에서는 한 세대에 하나 나오기도 힘든 재능의 소유자들이 여기 이 자리에 둘이나 모여 있었다.

다소 아쉬운 건 그가 정상에 도착했을 땐 이미 그들이 굉장히 지쳐 있는 상태였다는 것이다. 그래서 그는 싸움에 끼어들지 않았다. 안 그래도 몇 수 아래의 상대들인데, 거기에다 몸 상태까지 정상이 아니니 도무지 싸울 흥이 나지 않았던 것이다. 방금 전에 잘생긴 녀석의 투지에 동하여 잠깐 겨루긴 했지만 역시나 손맛만 버렸다.

그런데 이번에 나타난 놈은 달랐다.

팔팔한 게 갓 잡은 생선처럼 아주 싱싱했다.

무엇보다도 앞전의 두 녀석들보다 월등히 강한 무력을 소유하고 있었다.

적어도 손맛만 버릴 일은 없어 보였다.

파앗!

흑천도마의 몸이 튕기듯 날아갔다.

어느새 그의 양손에는 대태도와 소태도가 쥐어져 있었다.

*   *   *

자신이 알던 무외가 아니었다.

무외의 두 눈에 각인된 적염(赤焰)은 절대적인 패력을 줄기

줄기 뿜어내고 있었다.

'이제까지 모두를 속이고 있었던 건가?'

무외를 보는 남궁조휘의 눈에 한줄기 의심이 떠올랐다.

당연한 반응이다.

하지만 남궁조휘는 그 의심을 잠시 접어두었다.

'지금은 무외를 의심할 때가 아니다. 나중에야 어떻게 되든 말이지.'

남궁조휘는 품에서 환단을 꺼내 먹은 뒤, 청룡무상신공을 운용하여 내상을 다스리려고 노력했다. 자신이 할 일은 무외가 적의 수장을 막고 있는 동안, 최대한 몸을 회복시키는 것이었다.

지금은 비록 무외의 등장으로 자신들을 잊고 있지만, 언제라도 흑포무인들의 관심을 받을 수 있었기 때문이다.

참도방에서 제공한 내상약이 꽤 효능이 좋은지 들끓던 진기가 빠르게 안정되었다.

여전히 몸 상태는 최악이었지만, 내기가 어느 정도 안정되자 흑포무인들의 눈을 피해 연후에게 다가갔다.

흑포무인들의 관심은 무외와 흑천도마의 전투에 쏠려 있었기에 다행히 들키지 않았다.

연후의 맥을 잡은 남궁조휘는 안도의 한숨을 쉬었다.

약하지만 맥이 뛰고 있었다.

남궁조휘는 연후의 악관절을 눌러 강제로 입을 벌리게 만든 뒤, 누런 환단을 복용시키려고 했다.

그런데 그때, 연후의 몸에서 엄청난 흡입력이 발생했다.

남궁조휘가 흠칫 놀라 뒤로 물러나자 연후의 몸에서 창룡후처럼 강렬한 공명음이 일어났다.

고오오오오오!

대기를 떨어 울리는 공명음에 흑포무인들이 일제히 자신들 쪽을 쳐다보았다.

남궁조휘는 당혹스러운 얼굴로 몸을 일으켰다.

당장에 운용할 수 있는 내력은 평소의 오분의 일도 되지 않았다.

전신의 크고 작은 상처들 역시 문제였고······.

무시무시한 살기를 발산하며 다가오는 흑포무인들을 보니 절로 한숨이 나왔다.

고오오오!

연후의 몸에서 터져 나오는 공명음이 한층 더 강해졌다. 그와 함께 연후의 전신을 뒤덮고 있던 수십 개의 상처 안쪽에서 부글부글 기포가 일어나더니 빠른 속도로 아물기 시작했다. 하지만 남궁조휘는 흑포무인들을 견제하느라 그 광경을 보지 못했다.

중문을 통해 유입되는 대자연의 기운이 혈도를 치달리며 전신 구석구석을 휘돌다 백회혈과 용천혈을 통해 하늘과 땅으로 돌아갔다.

다시 중문을 통해 유입되는 대자연의 기운.

들어오면 나가고, 나가면 다시 들어오니 무한의 반복이다.

대자연의 기운이 순환의 띠를 형성하자 거기에 침잠했던 선천지기가 반응했다.

고오오오오!

한없이 고양된 선천지기가 부글부글 끓어오르며 변형되더니 단(丹)을 이루는 순간, 하문에서 중문으로 이동했다.

중문에 자리를 잡는 금단의 선천지기.

선천지기가 대맥과 소맥을 휘돌자 대자연의 기운이 거기에 동조하며 절묘한 나선형을 이뤘다.

만상(萬象)과 육체(肉體)의 완벽한 동조.

금단지경(金丹之境)이다.

무위를 따르며 천도에 근간을 둔 연후의 육체가 그를 진정한 고수의 세계로 인도하고 있었다.

화아아아아!

얼마 뒤, 연후가 눈을 떴다.

『영세무적』 2권에 계속…

생존록

홍준성 퓨전 판타지 소설

FUSION FANTASTIC STORY

대한민국 평범한 청년 정우성.
어느날 합숙을 가러 집을 나섰는데,

휘이이잉-

"이, 이게 무슨……?"

눈앞에 펼쳐진 설원.
설원을 지나니 이번엔 밀림이?

보랏빛 행성이 하늘에 떠 있고 나무가 살아 움직인다.

"살아남아 반드시 지구로 돌아가리라!"

베인의 이계 생존록.
살아남기 위한 그의 처절한 노력이 시작된다.

Book Publishing CHUNGEORAM

유행이 아닌 자유추구 -
WWW.chungeoram.com

十萬對敵劍

Fantastic Oriental Heroes

십만대적검

오채지
新무협 판타지 소설

개파 이래 한 번도 고수를 배출한 적 없는
오지의 산중문파 제종산문.

무려 십칠 대에 이르러서야 마침내 괴물 같은 녀석이 나타났다!
하지만 그는 세상사에 초연하기만 하고,
속 터진 사부는 천일유수행(千日流水行)을 핑계 삼아
제자를 산문 밖으로 내쫓는데……

『십만대적검』!

바깥세상이 궁금하지 않았던 청년 장개산의
박력 넘치는 강호주유기!

Book Publishing CHUNGEORAM

유행이 아닌 자유추구
WWW.chungeoram.com

이문혁 장편 소설
FUSION FANTASTIC STORY

~BONG CENTER~
PURSUER
퍼슈어

「난전무림기사」, 「마협 소운강」의 작가 이문혁
그가 그려내는 현대물의 신기원!

서울 서초구 고층 빌딩 사이에 존재하는
아는 사람만 아는 미지의 건물 봉 센터.
베일에 쌓인 그곳에 오늘도
정보에 목마른 자들이 왕래한다.

정계의 비밀부터 국가 기밀까지.
혹은 사회를 떠들썩하게 만든 사건의 정보까지!
원하는 모든 것을 찾아주나,
아무나 그곳을 찾을 수는 없다!

그대여, 이런 현대물을 본 적이 있는가!
이 세상의 어둠 속에서 숨 쉬는
또 다른 세상의 이면을 즐겨라!

Book Publishing CHUNGEORAM

유행이 아닌 자유추구
WWW.chungeoram.com

김중완 장편 소설

FUSION FANTASTIC STORY

Seorin's Sword

서린의 검

2013년 봄과 함께 찾아온 청어람 추천작!
『로드 오브 마스터』, 『신검신화전』의 김중완.
그가 돌아왔다!

번개와 함께 찾아온 검.
그 검과 찾아든 기연은 운명을 개척한다!

그 어떤 누구도 그가 가는 길을 막을 수 없다!
절대 강자 서린의 호쾌한 독보를 기대하라!

"내 앞을 막지 마라! 이것이 나의 검이다!"
우리는 그를 가리켜 검의 주인, 마스터라 부른다!
『서린의 검』

Book Publishing CHUNGEORAM
www.chungeoram.com

獨步行
독보행

임영기 新무협 판타지 소설

FANTASTIC ORIENTAL HEROES

독보행
獨步行
2

독보행
獨步行
1

그날, 심산유곡에서 수련하던
한 명의 소년이 강호로 내려왔다.

모든 이가 소년을 비웃고,
모든 무사가 그를 깔봤다.

소년은 흔들리지 않는다.
"이 천하를 독보(獨步)하리라!"

한번 시작한 걸음, 결코 멈추지 않으리라.
천하여! 무림이여!
대무영(大武英)이 간다!

Book Publishing CHUNGEORAM

생존록

홍준성 퓨전 판타지 소설

FUSION FANTASTIC STORY

대한민국 평범한 청년 정우성.
어느날 합숙을 가러 집을 나섰는데,

휘이이잉-

"이, 이게 무슨……?"

눈앞에 펼쳐진 설원.
설원을 지나니 이번엔 밀림이?

보랏빛 행성이 하늘에 떠 있고 나무가 살아 움직인다.

"살아남아 반드시 지구로 돌아가리라!"

베인의 이계 생존록.
살아남기 위한 그의 처절한 노력이 시작된다.

Book Publishing CHUNGEORAM

유행이 아닌 자유추구 -
WWW.chungeoram.com

이문혁 장편 소설
FUSION FANTASTIC STORY

PURSUER

BONG CENTER

퍼슈어

「난전무림기사」, 「마협 소운강」의 작가 이문혁
그가 그려내는 현대물의 신기원!

서울 서초구 고층 빌딩 사이에 존재하는
아는 사람만 아는 미지의 건물 봉 센터.
베일에 쌓인 그곳에 오늘도
정보에 목마른 자들이 왕래한다.

정계의 비밀부터 국가 기밀까지,
혹은 사회를 떠들썩하게 만든 사건의 정보까지!
원하는 모든 것을 찾아주나,
아무나 그곳을 찾을 수는 없다!

그대여, 이런 현대물을 본 적이 있는가!
이 세상의 어둠 속에서 숨 쉬는
또 다른 세상의 이면을 즐겨라!

김중완 장편 소설

Serin's Sword

서린의 검

FUSION FANTASTIC STORY

2013년 봄과 함께 찾아온 청어람 추천작!
『로드 오브 마스터』, 『신검신화전』의 김중완.
그가 돌아왔다!

번개와 함께 찾아온 검,
그 검과 찾아든 기연은 운명을 개척한다!

그 어떤 누구도 그가 가는 길을 막을 수 없다!
절대 강자 서린의 호쾌한 독보를 기대하라!

"내 앞을 막지 마라! 이것이 나의 검이다!"
우리는 그를 가리켜 검의 주인, 마스터라 부른다!

『서린의 검』

Book Publishing CHUNGEORAM